ALFAGUARA

Cuentos argentinos

Antología para gente joven

Selección y Prólogo de
Graciela Pérez Aguilar

• Jorge Accame • Adela Basch • Elsa Bornemann • Oche Califa • Pablo De Santis • Laura Devetach • Griselda Gambaro • Angélica Gorodischer • Ricardo Mariño • Graciela Montes • Gustavo Roldán • Silvia Schujer • Ana María Shua • María Elena Walsh • Ema Wolf

ALFAGUARA

De esta edición:

ALFAGUARA

1994, Aguilar, Altea, Taurus, Alfaguara, S.A
Beazley 3860, (1437) Buenos Aires

ISBN: 950-511-159-2
Hecho el depósito que indica la Ley 11.723
Impreso en Argentina. Printed in Argentina

Primera edición: junio de 1994
Sexta reimpresión: setiembre de 1998

Diseño de la colección:
José Crespo, Rosa Marín, Jesús Sanz

Una editorial del grupo **Santillana** que edita en:
España • Argentina • Bolivia • Brasil • Colombia
Costa Rica • Chile • Ecuador • El Salvador • EE.UU.
Guatemala • Honduras • México • Panamá • Paraguay
Perú • Portugal • Puerto Rico • República Dominicana
Uruguay • Venezuela.

Cuentos argentinos

Antología para gente joven.

Prólogo

Definir la literatura para adolescentes puede ser tan difícil como definir la adolescencia misma, cuando el territorio de la infancia ya ha quedado atrás pero todavía no se instala plenamente el de la edad adulta. Sin embargo, ningún registro literario le es ajeno. El humor, el policial, el terror, la descripción realista o lo fantástico encuentran cómodamente su lugar en el campo de intereses de un chico lector. Lo que, en apariencia, puede ser un recorte de "relato para adolescentes", es la expansión de un lugar de lectura. Todo puede hablarse allí, siempre que la resonancia sea correcta.

La convocatoria a los escritores y escritoras incluidos en esta antología tuvo, como única consigna, el pedido de un cuento que ellos consideraran atractivo para lectores adolescentes. Muchos de estos autores han desarrollado su obra en literatura infantil y juvenil, y otros, en literatura para adultos. Sin embargo, ninguno tuvo dificultades para sintonizar a su propio "adolescente interior", a la hora de elegir un relato.

Cada uno de los cuentos que aquí se presentan admite, como toda buena literatura, muchos abordajes: el del simple entretenimiento, el del análisis minucioso, el de la reflexión ética o esa íntima labor que cada lector realiza a solas con el texto.

Si agrupamos los relatos de esta antología se-

gún las especies narrativas, encontraremos que, por ejemplo, el terror asume distintas modalidades, desde el "horror docente" de Flores, *de Jorge Accame y el vértigo post-mortem de* En puntas de pies, *de Elsa Bornemann, hasta la inexplicable desaparición de* Una de terror, *de Pablo De Santis.*

El humor juega con los gliptodontes en Ciencias naturales, *de Ema Wolf y parodia la literatura por encargo en* Los tres apuntes de Tim, *de Oche Califa.*

El diosito, *de Gustavo Roldán y* Huérfano, *de Ricardo Mariño, demuestran que bajo las capas de una pintura aparentemente cotidiana y realista se esconden el ambiguo fraude milagrero o la desesperada nostalgia del amor imposible. María Elena Walsh recupera, con* Novios de madre, *un tramo de vida donde la autobiografía y la ficción confunden sus límites.*

Una mujer alada, *de Adela Basch y* Mar de fondo, *de Laura Devetach, parten también de lo cotidiano pero sólo para demostrar el infinito poder de la imaginación que convierte a la realidad en otra cosa.*

Marilin se ramifica, *de Silvia Schujer, experimenta con una imaginería cercana al videoclip, que multiplica a la protagonista en incontables réplicas de sí misma.*

La vertiente fantástica recorre desde los poderosos efectos del esfuerzo personal presentes en Lo mejor que se tiene, *de Griselda Gambaro, hasta el periplo vital del caballero en* Princesa, mago, dragón y caballero, *de Ana María Shua, pasando por la extraña historia del barco fantasma y la doncella, que cuenta* Las luces del puerto de Waalwijk vistas desde el otro lado del mar, *de Angélica Gorodischer.* Huevo, *de Graciela Montes, propone con convicción la existencia de monstruos tragones, devoradores de mundos, que acechan desde el pasado y desde el futuro.*

La pluralidad de temas, tonos y técnicas narrativas de esta antología dibuja los múltiples caminos que puede recorrer una literatura para adolescentes. E indudablemente, habrá muchos más senderos por explorar en este territorio tan rico, difícil y fascinante.

GRACIELA PÉREZ AGUILAR

Flores

Jorge Accame

Yo era profesor de Castellano en la Escuela Normal y a mediados del ochenta, en el segundo año A del bachillerato, tomé una prueba escrita de análisis sintáctico. Al devolver las hojas corregidas sobró una. Los alumnos me dijeron que ese nombre no correspondía al grupo. La evaluación, que había sido reprobada, llevaba la firma de un confuso Juan o José Flores. La guardé dentro de mi portafolios.

Por las dudas, en los días sucesivos pregunté en otros cursos: todos ignoraban su origen. Repasé las listas; en vano. Nadie apareció con ese apellido.

No me sorprendí demasiado. Un escrito aplazado era quizá eludido hasta por su propio dueño. Probablemente abusando de mi ignorancia acerca de los integrantes de cada grupo, alguien había firmado con seudónimo previendo el resultado fatal.

Hacia septiembre, volví a examinar al segundo año. Corregí los trabajos y me encontré —creo que lo esperaba— con otra hoja firmada por Flores. Tampoco esta vez había aprobado.

No llevé a cabo más pesquisas. Ahora estaba seguro de que Flores pertenecía al segundo A. Haber encontrado dos veces un trabajo suyo entre las evaluaciones de ese grupo lo confirmaba. Sospeché que se trataba del nombre apócrifo de algún bromista que había hecho dos pruebas. Una, firmada con su verdadero apellido para obtener un concepto real; la otra, que debía atribuirse a una sombra —Flores—, y que era entregada con el solo propósito de perturbarme.

Durante el recreo, mencioné el episodio en el buffet del colegio, delante de mis colegas. En ese momento el comentario no produjo ningún efecto. Nunca se escucha realmente lo que dice el otro, salvo que el discurso sea por mera casualidad el que uno mismo está por decir.

Cuando ya iba a entrar al aula, sentí que me aferraban del brazo para detenerme. Era una preceptora.

Se la veía nerviosa.

—Sin querer —murmuró— he oído lo que relató en el bar.

Le dije para tranquilizarla que no tenía la menor importancia.

Ni siquiera intentó escucharme y empezó a hablar:

—Había hace tiempo, en segundo A, un chico Flores que nunca aprobó Castellano. Era voluntarioso y estudiaba mucho, pero sus deficiencias —mala escuela primaria o falta de cabeza, se ve— le impidieron eximirse. Una tarde, cuando venía hacia aquí a rendir examen por quinta o sexta vez, lo atropelló una camioneta y murió. Fue la única materia que quedó debiendo para siempre.

La narración era algo melodramática. Sin embargo, la mezcla de ambigüedad y precisión entre aquellas coincidencias me inquietó por varias semanas.

Ese verano, tomé la evaluación final en segundo A. Busqué la de Flores y la aprobé sin leerla. Al día siguiente, la dejé sobre el pupitre de un aula vacía.

Ya no volví a saber de mi inexistente alumno. Deliberadamente, deseché una última explicación posible: la intervención de algún familiar o amigo íntimo del difunto, que cursara en la escuela y hubiera prometido cumplir póstuma y simbólicamente su voluntad truncada.

Para mí (y para la sombra) había una sola realidad: Flores, ese año, se eximió en la materia que lo había fatigado.

Una mujer alada

Adela Basch

Una mujer.

Una mujer como cualquier otra entre millones de mujeres. Pero, aunque esto no la diferencie en nada de las demás, ella se llama a sí misma yo.

Una mujer que vive en una gran ciudad con adecuadas comodidades y está casada y es razonablemente feliz en su matrimonio. Si es que el amor y la felicidad admiten razonabilidades.

Una mujer que tiene algunos hijos y que además de ser un pilar de la bonanza familiar trabaja afuera, de lunes a viernes, en una oficina que por suerte en este caso queda relativamente cerca de su domicilio. Lo cual desempeña un papel fundamental en los acontecimientos que más adelante se relatarán, porque sin ello otro hubiera sido el cantar.

Una mujer de edad madura que siempre disfrutó del caminar y desde el principio ha decidido permitirse el sobrio ejercicio de realizar a pie el trayecto que media entre su casa y su trabajo, todos los días de lunes a viernes a la misma hora, salvo que llueva a torrentes o caiga granizo o nieve lo cual en este caso a decir verdad pocas veces acontece.

Bueno, esta mujer de la que hablamos hace veinte años que camina a su trabajo todos los días por la misma senda, que es en realidad una misma avenida ciudadana, con los mismos semáforos y los mismos edificios y los mismos comercios y los mismos carteles con anuncios publicitarios, aunque en veinte años nada sea lo mismo, pero en apariencia la senda es la misma y ella también.

Y ocurre que un día esta mujer, por algún sino, que seguramente para ojos entendidos habrá estado inscripto en las líneas de sus manos, en su horóscopo, en las figuras que hubiera trazado el I Ching de haberlo ella consultado, o en la borra del café que bebió esa mañana y nadie leyó, decide dirigirse a su trabajo por un camino distinto del que hace veinte años viene a diario transitando. Un mínimo desvío, un ínfimo corrimiento.

Ella no es consciente de que tiempo después protagonizará este cuento.

Esta mujer sólo percibe una oscura voluntad de tomar un camino hasta el momento desconocido, de apartarse de la vertiginosa avenida y tomar por una calle menos ruidosa, de volver a doblar la esquina y dejarse tocar por la espaciosa quietud de una callecita cualquiera. Ella no se asombra cuando un leve rumor la roza. Ni después, cuando el silencio la abraza. Ni un poco más tarde, cuando todas las calles se vuelven un sendero de arena.

Ahora sus pies son dos pies descalzos que murmuran sobre la arena, mientras la tarde entona una canción callada y desde adentro de sí misma el silencio florece en un crepúsculo que es amanecer y océano y montaña y viento y fuego, y se suceden las noches y los días en una inmensidad que está al mismo tiempo en todas las inmensidades.

Aquello que se acerca ahora es una caravana de hombres y mujeres y camellos que avanzan sobre una infinita sucesión de granos de arena.

Y cuando llegan ante ella la rodean y se hincan en reverente círculo a sus pies.

—Oh, reina que llegas de lejos. Danos un árbol que nos alimente, que aplaque nuestra sed, que nos ofrezca sombra.

Entonces ella pidió un puñal de fina empuñadura y se cortó un mechón de los cabellos. Y con manos firmes cavó un profundo pozo en las honduras ondulantes de la arena y depositó allí sus cabellos recortados y los enterró.

E inmediatamente la arena dio a luz un árbol robusto de frondosas ramas. De unas ramas pendían hojas de delicado aroma, de otras frutos y de otras, colores. De la rama más tersa colgaba un mechón de cabellos, idénticos en todo a los cabellos de ella.

Entonces los hombres y las mujeres y los camellos se saciaron con los frutos y retozaron a la sombra y se regocijaron con los colores. Y cuando sus corazones y sus músculos y sus miradas estuvieron rebosantes cada uno se cortó un puñado de cabellos y los entregó a la arena. Y el desierto dejó de ser desierto y se hizo bosque.

En ese momento ella no se detuvo, sino que siguió caminando entre los árboles, por sobre las raíces, por debajo de la techumbre de las ramas.

Y cuando el último árbol quedó atrás, lo que aparece ante los ojos de esta mujer es el mar. Una extensión de un bramido azul inabarcable. Y entre el mar y ella la playa. Y sobre la playa una botella. Y dentro de la botella unas gotas de ron, que no alcanzan a borronear el mensaje.

Ahora ella construye una embarcación que no cuadraría llamar barca ni navío.

Y sobre esa embarcación se entrega a las aguas. Se deja mecer. Y las aguas se dejan hendir por los remos, que tejen las gotas del mar como dos agujas que a cada puntada entretejen las hebras del agua hasta formar una alfombra de líquida trama.

Y ella llega entre las olas hasta los restos insomnes de un antiguo palacio flotante, donde todo ha sido engullido por la boca rugiente del agua. Sobre unas maderas roídas por la sal y el viento sobreviven unos pocos hombres y mujeres jóvenes y algunos niños.

—Has llegado, Emperatriz. Llévanos a tierra firme.

Entonces ella se pincha los dedos de las manos y se frota los hombros con el rocío de las gotas de su propia sangre. Y en el fresco jardín de sus espaldas florecen, gemelas, dos alas.

Ella es una mujer que emprende vuelo llevando un puñado de náufragos sobre las alas.

Y cuando pisa la arena de la playa ve que el horizonte es un espejo de infinitas ventanas. Y abre una de esas ventanas y pasa a través de ella y está en su casa.

Y cuando llega su marido, le dice:

—Querido, hoy cociná vos porque yo estoy cansada.

En puntas de pies

Elsa Bornemann

Ronda supone estar soñando. No logra entender por qué se encuentra caminando por la vereda de enfrente del edificio en donde vive con su familia, dispuesta a cruzar hacia allí y volver a su casa.

¿Cómo es posible?

En ese mediodía de lunes ella debía de estar —aún— bien lejos de su barrio, en Bariloche, disfrutando de las últimas jornadas de su viaje de egresados, junto con sus compañeros de séptimo de primaria.

¿Qué hace, de regreso a su departamento, antes de lo previsto… y sola?

Se siente rara, una mezcla de temor y perplejidad. No recuerda cómo ni cuándo abandonó el hotel del sur ni cómo llegó de vuelta a su domicilio.

Confusa, todavía no atina a cruzar la calle que —a esa hora— es un río de vehículos. Es entonces cuando mira hacia el segundo piso de su casa y el sobresalto le resulta insoportable: —¡No! —se dice— ¡Estoy en medio de una pesadilla! ¡Ay, que me despierte de una vez; qué espanto!

Ronda se ha visto —con claridad— a sí misma, allá en lo alto, desplazándose a través de su balcón y regando las plantas, tal como lo hizo durante el atardecer del lunes de una semana atrás, momentos antes de partir hacia la terminal de ómnibus con destino a Bariloche, en compañía de sus padres y hermanos.

Lo que más la inquieta es verse con la misma ropa que usaba en aquellos instantes: el jean cortajeado, la camisa escocesa, el pullover azul anudado a la cintura... ¿Qué le está sucediendo?

En un impulso desesperado, cruza la calle. Esquiva autos, colectivos y motos, sin pensar en el peligro de hacerlo justo cuando el semáforo de la esquina les ha dado vía libre.

Llega a la entrada de su edificio. Lo primero que se le ocurre es pulsar el timbre de su segundo "C" en el portero eléctrico, aunque tiene las llaves para entrar sin problemas.

Toca reiteradamente. En vano. Nadie responde a sus llamados.

Decide subir, entonces. De seguro, ese sueño que la atrapa va a desvanecerse en cuanto ella pise las baldosas familiares del palier y —como en los cuentos de miedo que tanto le fastidian como lectora— se despertará —finalmente— en la habitación 203 del hotel de Bariloche, que comparte con sus amigas preferidas. Sí. No le cabe duda de que eso es lo que va a pasar, como tantas otras veces en que se ha despertado —de golpe— tras un sueño escalofriante como el que ahora la está eligiendo de involuntaria protagonista.

Se ubica frente al ascensor. No alcanza a apretar el botón de llamada, ya que el aparato se detiene en la planta baja y una vecina del tercero desciende apurada y —apurada— pasa junto a Ronda.

—Será por eso que no contestó a mi saludo —piensa la chica, momentáneamente ausente de su pesadilla al atravesarse con un rostro conocido—. Ni siquiera me habrá visto... porque ella es muy amable... Buah.

Ronda sube —entonces— al ascensor que —de inmediato— la transporta hasta su segundo piso.

Apenas transpone la puerta de su casa, nota

que el atardecer se ha dado cita allí. Penumbras. ¿A dónde fue a parar la luminosidad de las doce?

Con creciente angustia, llama: —¡Mami!, ¡papi!, ¡Seba!, ¡Nico! —pero ni sus padres ni sus hermanitos le responden. Es evidente que no hay nadie.

Se apresura a ir a su cuarto.

—¡Oh, Dios, no puedo escapar de esta pesadilla! —deduce, al observarlo tal cual lo dejó el día de su partida. Y la visión se le antoja doblemente inexplicable, porque todavía está su cama sin tender, como la abandonó después de la larga siesta… y los cajones de la cómoda siguen a medio abrir, mostrando el revoltijo de prendas que ella hizo —entonces— en busca del camperón que su abuela le había regalado para las fiestas.

¿Y el dormitorio de sus hermanos? ¡El colmo! Conserva el mismo desorden de aquel atardecer y de eso también puede estar completamente segura, porque los chicos habían estado armando la maqueta de una pista de autitos —sobre el piso— y se le presenta a medio terminar, igual como cuando ellos —protestando— tuvieron que interrumpir su juego. Y las latas de gaseosas a un costado de la maqueta… apenas consumidas… y la caja de papas fritas tan sin abrir, como cuando ella se las llevó y ya no había tiempo para comerlas… —¡Las comen a la vuelta, Seba! —había dicho su papá, nervioso porque temía llegar tarde a la terminal —¿Quieren que perdamos el micro?

—No… Es… insólito… —piensa Ronda— Mamá nunca dejaría la casa patas para arriba durante una semana… ¡Ni un día siquiera! ¿Qué diablos está pasando aquí?

La jovencita empieza a dudar de ser prisionera de una pesadilla tan tortuosa, pero no comprende —ni por las tapas— lo que acontece.

Desde la cocina —entonces— marca los números telefónicos del consultorio de su mamá, de la oficina de su papá, de las casas de abuelos, tíos, amigos de la familia y algunos vecinos de confianza… Las campanillas suenan en el vacío. Invariablemente todas.

Ronda se echa a llorar —desconsolada y muerta de miedo— mientras pasa junto al balcón que da a la calle.

Enmudece entre las lágrimas… Porque vuelve a contemplarse allí, regando las plantas tal como se había descubierto desde la vereda de enfrente un rato antes. Decide buscar refugio en la habitación de sus padres. Entra y se arroja de bruces sobre la cama, gimiendo a más no poder.

Cuando mira en derredor ve —borroneado— el perchero donde su papá había colgado el traje que se había cambiado por otra ropa más liviana y —tendido sobre él— el deshabillé de su mamá, el mismo que se había quitado después de bañarse para vestirse —ligerito— a fin de acompañarla a ella hasta la estación de buses la semana anterior.

Desde la ventana del cuarto de sus padres se filtra el atardecer… y los relojitos de sus mesas de luz están detenidos en las diecinueve y cuarenta y cinco, la hora exacta en que todos salieron de la casa —siete días antes— rumbo a la terminal de Retiro…

Trata de recomponerse: —¡Ah, el contestador telefónico! ¡Allí debe de haber grabado algún mensaje que signifique algo; algo que me ayude a develar esta intriga! Y Ronda va —apresurada— hacia el escritorio de sus padres, donde está instalado el aparato automático.

Ciertamente, en el grabador hay varios, una gran cantidad de mensajes que podrían despejar el misterio que acongoja a la nena. Pero ella no escucha ninguno.

Cuando lo apaga, oye un murmullo de voces queridas junto a la puerta de acceso al departamento. Enseguida, ruido de llaves y los pasos de sus padres, hermanos, abuelos, tíos, más los de otra gente que aún no consigue reconocer.

También oye cómo —entre susurros— el grupo se empieza a acomodar en la sala.

Se precipita hacia allí, alborozada aunque con el corazón al borde de un estallido.

—¡Mami!, ¡papi! —grita, a medida que se aproxima al lugar de reunión—. ¡No sé cómo, pero estoy de vuelta! —exclama, una y otra vez.

En medio de la sala, ve a sus padres, llorosos. Llorosos los abuelos, los tíos, la directora de la escuela primaria… y ciertos vecinos con caras muy serias…

Inútil que la nena les reclame atención… Nadie parece verla… ni oírla…

En verdad, no la ven ni la oyen; no *pueden* verla ni oírla por más que Ronda se desgarre en lamentos.

Es entonces cuando advierte un montón de recortes de diarios desparramados sobre la mesa ratona. ¿Qué relación tendrán con el absurdo de esa situación?

Ya muda, se acerca a hojearlos.

Lee fragmentos de una misma noticia y de varios avisos fúnebres, en tanto siente que se va fragmentando a la par.

Aterrada lee:

"TRÁGICO ACCIDENTE (…) BARILOCHE (…) LA NIÑA MURIÓ EN EL ACTO (…) AYER VIERNES (…)"

y: "RONDA… (…) en la paz del Señor (…) serán sepultados el próximo lunes… (…) con profundo dolor… (…) visitas de pésame (…)"

¿El viernes pasado…?

De repente, sus pies comienzan a despegarse del piso hasta tomar la posición de puntas de una bailarina clásica. Su cuerpo va elevándose en el aire, como aspirado desde arriba. Lenta, muy lentamente.

Aúlla casi, mientras flota en dirección al ventanal trasero del living, abierto al jardín del edificio.

A medida que Ronda lo atraviesa, sus oídos perciben la campanada del reloj de pared de la sala anunciando la una.

La una del mediodía del lunes.

Los rayos del sol la desdibujan, la esfuman, van borrando su silueta —entonces— hasta que se la traga la imperturbable luminosidad del cielo.

Publicado en *Socorro Diez (una docena de cuentos para que te caigas de miedo)*

Tesis - Grupo Editorial Norma S.A., Buenos Aires, 1994

Los tres apuntes de Tim

Oche Califa

El escritor negro norteamericano Tim Parker falleció en circunstancias poco claras. Una muerte casi al estilo de su literatura. Esto era algo a resolver por la policía.

En cuanto a la editorial que publicaba sus libros, también tenía su problema. La empresa había adquirido con anticipación los derechos por tres cuentos que Tim debía entregar un mes después.

Los cuentos no estaban por ningún lado. Seguramente aún no habían sido escritos. En cambio, se encontraron tres apuntes con ideas y fue fácil suponer que ellos iban a dar vida a los cuentos que la editorial había comprado.

Así decían los apuntes:

1) *Un hombre despierta en medio de la noche sintiendo que un bicho rasca las paredes de su estómago.*

2) *Dos* (no sc cntiende si dice mujeres o mugidos) *se oyen al atardecer. Alguien arroja un baldazo sobre la tierra, porque hace calor y hay demasiado polvo, y le parece ver que el agua, al volar por el aire, se ha puesto roja.*

3) *Un astronauta vuelve de la Luna y no se anima a confesar que mientras caminaba por ella oyó varias veces un chistido singular. Una semana después,*

regresando de madrugada a su casa, vuelve a oír el chistido; gira sobre sus talones... (aquí termina el apunte).

La editorial reclamó los apuntes al juez y elaboró una buena idea: daría a escribir los cuentos a escritores que imitaran el estilo de Tim y los publicaría como "sus últimos grandes cuentos".

Con cierta discreción se convocó a varios escritores (gente que necesitaba dinero con urgencia) y se les pidió que ajustaran un poco más las ideas de los apuntes, para ver si daban con el nivel literario del genial Tim.

Lo que sigue es casi todo lo que se intentó para "dar vida" a los cuentos, así como las opiniones de los asesores de la editorial.

Apunte 1

Idea presentada por Brook Brokkies: El hombre consulta al médico, quien le ordena radiografías. Los estudios no dan nada raro, pero el hombre sigue sintiendo que el bicho rasca dentro de su cuerpo. Un día, desesperado, taja su estómago con un cuchillo y muere. Su cuerpo es encontrado al día siguiente por la mujer que va a hacer la limpieza, quien al abrir la puerta de la casa ve salir saltando a una pequeña langosta, o algo así.

Idea presentada por John Gómez: Los médicos ordenan radiografías y ven que en el estómago hay algo difícil de determinar. Deciden operar. Cuando hacen el corte encuentran un simpático grillo que toca una guitarrita.

Opinión de los asesores: La idea de Gómez no tiene que ver con el estilo de Tim, pero tal vez podría sugerírsele que fuese con ella a los Estudios Walt Disney.

En cuanto a la de Brokkies, es buena. Ahora bien, ¿no es demasiado truculenta? Si los otros dos cuentos tuvieran el mismo tono, podría argumentarse que en los últimos tiempos Tim había girado hacia una literatura más "dura". Si fuera así, Brokkies ya debería ponerse a trabajar.

Apunte 2

Idea presentada por Parker Eloy: Dos mugidos se oyen al atardecer. Alguien regresa con un balde con leche, tropieza y vuelca un poco en la tierra. Sin embargo, ¿no parecía sangre lo derramado?

Idea presentada por Carson McCall: Dos mujeres se oyen al atardecer. Están baldeando un gran patio de tierra cuando se dan cuenta que el agua ha enrojecido. Una de las mujeres enloquece y la otra desaparece para siempre. Cuando la gente, aterrorizada, decide quemar los baldes percibe que de la fogata sale un insoportable olor a azufre.

Idea presentada por John Gómez: Dos mujeres y dos mugidos se oyen al atardecer. Las mujeres están charlando animadamente y no se dan cuenta que sus hijos, cuatro pilletes incorregibles, han colocado colorante rojo en el agua. Las mujeres se dan un gran susto y los chicos se esconden en el establo para que no los reten.

Opinión de los asesores: Gómez sigue sin dar con el tono de Tim; parece que lo suyo anda por otro lado.

La propuesta de Eloy modifica la de Tim sin agregar nada más interesante o sugestivo; si quiere, puede seguir trabajando esa idea hasta ver qué sale.

McCall tiene una historia fuerte, muy fuerte. Pero no hay que olvidar que Tim siempre decía que en su literatura no tenía cabida la idea del demonio (el azufre refiere a él) porque le parecía demasiado elemental para el género de terror.

Apunte 3

Idea presentada por Brook Brokkies: Si bien

el astronauta no cuenta lo de los chistidos, la cosa lo tiene tan alterado que los demás sospechan que le pasa algo. Un amigo que también trabaja en el centro espacial decide ir a su casa para conversar con él. Cuando está llegando, ve al astronauta unos pasos delante y lo chista. El chistado se aterroriza, su corazón parece a punto de estallar, gira sobre sus talones, pero el miedo lo fulmina.

Idea presentada por John Gómez: Desde el principio se sabe que al astronauta lo ha seguido en su viaje un amigo de la infancia, un gordo guarango que se cree chistoso y está todo el tiempo haciendo bromas (es él quien lo chista). El gordo también regresa y luego lo persigue chistándolo y ocultándose. Se pueden insertar varias escenas muy graciosas. Cuando el astronauta ya no aguanta más y está al borde de un ataque, todo se descubre.

Opinión de los asesores: ¡¿Quién le dijo al idiota de Gómez que también escribiera esto?! ¡Echenlo de una buena vez!

En cuanto a la propuesta de Brokkies, es buena. Pero sólo se trata de una equivocación trágica y hay que recordar que en los cuentos de Tim siempre está presente lo extraño, lo que no se sabe si existe o no (en este caso podría ser "el monstruo").

Por lo visto, los escritores convocados no logran dar con el estilo de Tim. Tal vez habría que abandonar este proyecto.

NOTA: Los cuentos de Tim nunca fueron escritos, pero sus apuntes se dieron a conocer en diarios de todo el mundo. Su muerte tampoco fue debidamente aclarada.

La editorial decidió lanzar como a un nuevo gran escritor a Brook Brokkies, quien en poco tiempo se hizo famoso.

Parker Eloy y Carson McCall se dedicaron al periodismo.

John Gómez escribe guiones para la televisión y ha logrado un verdadero éxito con su personaje "Tom, el fantasmita chambón".

Los asesores siguen siendo asesores, salvo uno de ellos que cambió por un trabajo similar: analiza partidos de fútbol.

Una de terror

Pablo De Santis

Tengo una caja de cartón a la que llamo "la caja de los tesoros". Seguramente a nadie le podrían parecer tesoros más que a mí. Hay un soldado de plomo del ejército napoleónico al que le falta un brazo, un yoyo "profesional" Russell, un cortaplumas roto, una brújula con el cristal astillado, una figurita de El Zorro (la única que me quedó de los miles que junté cuando era chico) y una postal que me envió una novia desde alguna playa. En la postal solamente se ve una ola, y nada más, y en el reverso ella me escribió: "¿Viste alguna vez una postal más estúpida que esta?". Si cualquier persona se asomara a esa caja (desde luego, ese acto sería castigado con la pena de muerte) no podría advertir cuál es el objeto más extraño de todos, y quizás el más precioso: un pedacito de papel viejo, quebradizo, casi quemado, encerrado en un sobre. En el papel no puede leerse casi nada. Es apenas una huella.

Cuando tenía doce años empecé a dibujar historietas. En ese momento la mayoría de los chicos leían las revistas mexicanas de Batman, Superman, Fantomas, La Pequeña Lulú, y las chicas Susy, Secretos del corazón; a mí me gustaban, en cambio, las de terror. Era difícil conseguirlas, no estaban en todos los quioscos sino en ferias de plazas o en viejas librerías. Había dos: Doctor Tetrick y Doctor Mortis. En una de ellas vi una página —en la revista decía que era la única que se conservaba— de un dibujante llamado Ashton Forbes. A partir de ahí empecé a seguir los pasos de Forbes y pude conocer su historia, aunque de poco me sirvió.

En una minúscula revista de historietas que publicaban (bueno, fotocopiaban en realidad) unos amigos, puse un aviso llamando a los interesados en Ashton Forbes. A pesar de que la revista debía tener una venta que rara vez superaba los treinta ejemplares, alguien me contestó. La carta que me mandó estaba firmada sólo con unas iniciales: L.M. Jamás hubiera imaginado que la "L" era de Lucía.

Cuando entré en el bar vi que la única persona que tenía la revista "Doctor Tetrick" sobre la mesa era una chica. Me presenté, combinando un desconcertado tartamudeo con algunos gestos con las manos, por completo incomprensibles. (En ese tiempo uno no esperaba que las chicas se dedicaran a las revistas de terror. Nunca supe muy bien en qué se interesaban las chicas. Hubo un momento en que no existían en absoluto para mí, y un tiempo después ya eran tan importantes, que tampoco pude detenerme a mirar qué cosas les gustaban. Existían, y eso era suficiente.)

Lucía era terriblemente alta. Me llevaba una cabeza y media. (Pero de eso me enteré sólo al salir del bar.) Creo que los dos estábamos nerviosos, y si no hubiera sido por Forbes, cada uno hubiera salido corriendo por su lado. Teníamos pocos datos de Forbes, pero entre los dos reconstruimos parte de su historia.

Ashton Forbes era un dibujante norteamericano que se había venido a vivir a Buenos Aires en 1956. Es posible que estuviera escapando de algo. Durante un año trabajó en la ciudad dibujando historietas para la revista "El espanto de lo cotidiano". Después se fue a Córdoba y nada más se supo de él. Quizá volvió a Estados Unidos, o se murió, o puso un hotel en las sierras. También había dibujado algunas tapas de novelas policiales de la Editorial Tor, libros de páginas y portadas amarillas. Aunque los dibujos no llevaban firma, me parecía reconocer su estilo en algunas novelas de Edgar Wallace y Gastón Leroux.

Le pregunté a Lucía si había conseguido alguna revista de "El espanto de lo cotidiano" y se rió.

—No existe un solo ejemplar en todo el mundo.

—¿Se perdieron?

—No. Se autodestruyeron.

Lucía iba mucho más adelantada que yo en la investigación sobre Forbes. Había logrado ubicar a un viejo guionista que vagamente recordaba la historia de los veinte números de "El espanto de lo cotidiano". La publicaba la editorial Nocturno; su dueño había tenido la mala suerte de comprar el papel más barato que había en plaza, y que probablemente había entrado de contrabando. Ese papel, se supo más tarde, tenía unas características muy curiosas: envejecía aceleradamente y era alérgico a la tinta. Apenas las revistas salían a la venta comenzaba su lento proceso de desintegración. Las destruía la luz. Cinco años después del cierre de la editorial ("El espanto de lo cotidiano" fue un fracaso total) no quedaba un solo ejemplar. Todos se habían vuelto cenizas.

El editor murió poco después y de los originales de Forbes nunca se supo nada. La única página publicada que se salvó (y que yo había descubierto en Doctor Tetrick) había sido salvada del devastador efecto de la luz porque su dueño la había recortado, guardándola entre las páginas de un manual de cocina. No la guardó por los dibujos, sino porque en el reverso había una receta: "El espanto de lo cotidiano" incluía una sección de cocina. Platos típicos de Transilvania, qué comía Edgar Poe entre botella y botella, especialidades de la cocina caníbal (se podían reemplazar algunos ingredientes).

Cuando salí del bar me importaba mucho menos Ashton Forbes y sus malditas páginas inexistentes que volver a ver a Lucía, aunque salir con ella me trajera algunos problemas en el cuello. Fuimos una tarde al cine de la parroquia que quedaba a la vuelta de casa para ver "Cuentos de ultratumba": a mí me asustó tanto que estuve a punto de irme de la sala, pero como ella resistía, me llevé las manos a la cara y espiando apenas por entre las rendijas de los dedos pude llegar hasta el final. Creo que una semana después la invité a mi casa para ver "El cuervo", con Vincent Price y Peter Lorre en "Sábados de súper acción".

A los tres días me llamó por teléfono. Había ido a casa de un viejo coleccionista a cambiarle unas Billiken del año treinta que había encontrado en su casa por algunas revistas de terror importadas. El canje no debía haber sido muy ventajoso para Lucía, porque apenas se cerró el trato el viejo empezó a saltar de contento. Y hasta le confesó:

—Tengo un ejemplar de "El espanto de lo cotidiano", donde está la historieta "El cuarto de arriba", de Ashton Forbes. Es el último ejemplar que existe.

Lucía le ofreció toda su colección de historietas por la revista, pero el viejo se negó. Al final le arrancó el permiso para que fuéramos juntos a ver la revista. El hombre dudó, pero finalmente aceptó: a veces los coleccionistas se cansan de tener algo cuyo valor todos ignoran, y quieren divulgar, aunque sea por unos instantes, su secreto al mundo.

Un sábado a la mañana fuimos a Flores, hasta un caserón en ruinas, cerca de la estación de tren. Cruzamos la verja oxidada: entre los altos pastos amarillos había figuras de piedra que parecían dibujos de Forbes. El viejo nos recibió con pocas palabras y nos condujo al primer piso de la casa.

Había una habitación entera destinada a "El espanto de lo cotidiano". El coleccionista encendió una lámpara de luz roja, que no dañaba el papel. Vi, en el suelo, una caja de cristal negro. El viejo la abrió: allí estaba el ejemplar de una especie extinguida, la última huella del paso de Forbes por el mundo. Pero no habíamos venido solamente a mirar la revista. Eramos traidores, y habíamos organizado todo para fotografiar las páginas. A la hora señalada el teléfono sonó y el viejo no tuvo más remedio que dejarnos solos para hablar con uno de mis amigos, que trataría de entretenerlo durante diez minutos, consultándolo sobre revistas desaparecidas. Sólo el gato estaba con nosotros.

Yo suponía que los breves golpes de flash no le harían daño a las páginas. No había notado, mientras Lucía pasaba hoja tras hoja, que el papel se ennegrecía con cada relámpago. No tuvimos tiempo de leer la historieta, ni siquiera de mirar los dibujos. Cuando terminamos la revista se había convertido en sesenta páginas indescifrables, manchas grises contra el papel amarillo.

Ya se oían los pasos del viejo en la escalera. Escondí la cámara, pero no podía ocultar la revista. Lucía fue más rápida que yo: abrió la puerta, de la que llegaba la luz implacable de una ventana, y atrapó al gato, colgándoselo de la camisa. Cuando el viejo vio que la puerta estaba abierta, entró corriendo, horrorizado; Lucía simulaba defenderse del pobre gato. Dijo que la había atacado y que casi se muere del susto. El coleccionista ni siquiera la miró: sus ojos estaban clavados en la revista que, con la nueva luz, ya no sólo se desdibujaba sino que comenzaba a hacerse polvo ante nuestros ojos. En medio del caos alcancé a guardar un papelito que se desprendió.

¿Creyó el viejo la mentira de Lucía? Nunca supimos si quiso vengarse burdamente del animal, o sutilmente de nosotros, porque agarró al gato, le retorció el cuello, y lo tiró escaleras abajo. Nosotros habíamos empezado nuestra huida apenas oímos el crack. El cuerpo del animal cayó a mis pies.

Nunca hablamos con nadie de lo que había pasado. Ni siquiera entre nosotros. Durante unos quince días dijimos que éramos novios y nos besamos en las plazas vacías, pero eran tiempos en que todo pasaba rápido y no sé muy bien cómo pero nos alejamos (ella se mudó a otro barrio, yo cambié de colegio, pero a lo mejor son cosas que no tuvieron nada que ver, aunque seguramente les echamos la culpa). Evitamos siempre hablar de ese día, pero no sé si fue por culpa o por miedo. Porque cuando revelamos las fotografías para hacerlas publicar, vimos que la historia que había contado Ashton Forbes era la de unos chicos que en busca de una revista rara visitan a un coleccionista, y cuando están solos allá arriba, en la oscuridad, se confiesan que todo aquello no era otra cosa que un pacto de amor… Nunca supimos cómo terminaba la historieta, porque a pie de página decía "continuará", y como ya no quedaban ejemplares en el mundo, la aventura había sido cancelada para siempre.

Mar de fondo

Laura Devetach

Al departamento le faltaba un patio, un poco de fondo, un cuadradito para que creciera mejor el jazmín.

Cuando estaba muy lleno de gente se estremecía con el temblor de la nuca de los caballos, relinchaba con las cañerías y hasta solía desmayársele la luz.

En realidad el departamento estaba siempre lleno de gente.

Soledad, padre y madre habían llegado desde el interior a instalarse en Buenos Aires. Pero la familia había quedado allá, en el pueblo. Así que nunca faltaba alguien que viniera al departamento para hacer trámites, ir al médico o simplemente de visita.

La gente caía con valijas, expedientes, canastas con regalos o cálculos en la vesícula. Y siempre decían lo mismo: ¡Es que ustedes están tan bien ubicados!

Ahora estaban la abuela Perla, el tío Rufino y la primita Samantha. Hacía poco que la primita no usaba pañales y había ido de paseo con su papá y la abuela.

El departamento se estremecía, trataba de agrandarse, sobre todo por el lado del baño.

Hace calor y Soledad se siente como su nombre. Está tirada en la cama cucheta jugueteando con la bolsita de algas marinas. Ya habló con la abuela sobre aquel inmenso zapallo que había nacido en su casa, en una maceta. Porque la abuela Perla es muy conversadora y cuenta muchas veces la misma historia del inmenso zapallo que cada vez tiene más kilos.

También había hablado con el tío Rufino que fuma esos cigarros como postes. Y le contestó al interrogatorio periódico de rutina: sí, en el colegio bien. Cuando fuera más grande seguiría una carrera, aprendería un idioma y con la computadora se las arreglaba regiamente. No, todavía no había pensado en ningún novio. Así, contestado al hilo, todo resultaba fácil y corto. Después había ido a comprar de esos cigarros como postes para el tío. Después, limpió el piso del living porque a Samanthita ya le habían sacado los pañales con todo orgullo pero ella vivía de charco en charco. Entonces todos gritaban, entonces Soledad limpiaba, y así.

Toca la bolsita de algas traída de Caleta Olivia aquella tarde de mar verde, barco lejano y margaritas amarillas a los que el viento batía y batía. En la bolsita está el olor de aquel batido. Y Soledad se consuela, por el barco. Porque desde allá, alguien la mira.

Uno de los problemas del departamento era que no servía para gente con insomnio, como la abuela Perlita y el tío Rufino que contagiaban a la Samanthita, y también a Soledad. Vaya a saberse si madre y padre no caían también en la volteada.

El tío Rufino no dormía de tres a cinco de la mañana. Tomaba la guitarra y tocaba sin sonido, fumando el poste de su cigarro sin encenderlo. Se lo veía recortado contra la ventanita de las plantas y parecía un teatro de sombras.

La abuela caminaba por el living de cinco a seis con pasos regulares, muy medidos.

Entonces el departamento tecleaba con las tablas del piso. Hacía un ruido de nueces rodando.

Y la Samanthita se despertaba gritando ¡Iche pis, iche pis!

De pronto Soledad, con la bolsita de algas entre las manos, siente desesperación por un baño. Pero por un baño de mar con olas, que le den palmadas intensas. Y también un poco de miedo. Sí señor, quiere vaivén de bolero, quiere el barquito lejano y nadie, ni rastros de nadie cerca.

Toma su toalla con palmeras, la bolsita de algas y al agua. La puerta se cierra. Los rumores de voces se vuelven lejanos y las algas se desparraman en el agua que va subiendo de nivel. Primero flotan o se alborotan. Luego se abren con pereza, patalean, caminan, juegan. Soledad se va mojando y ablandando como un terrón. Cierra los ojos, las algas van y vienen, cruzan, exploran axilas y piel con roces de pececitos.

Soledad les pega y las algas corcovean con sustos gelatinosos. Las espanta pero las algas vuelven, dan pequeños topetazos. El agua se cierra sobre su cuerpo y la acuna.

Desde el barquito lejano, él la mira. Pero Soledad sabe que no se acercará si ella no quiere.

La palabra que más decían afuera era permiso, permiso. Y alguien pasaba un trapo bordeando los pies de la abuela Perla, el sillón con rueditas de padre, frente a la computadora, los charcos de Samanthita. La aspiradora pasaba por donde podía. El lavarropas y la olla hirviendo al fuego hacían un tema rockero bastante especial. El termotanque vociferaba y el departamento sentía cosas raras en el baño. De vez en cuando alguno de ellos golpeaba a la puerta, querían entrar. Pero no había respuesta.

Las algas cables crecen y vuelan en el agua.

Soledad oye motores y estruendos. Pero muy lejos. Aquí, las algas cables transmiten el mensaje de pequeños erizos, el canto misterioso del cangrejo. Lástima que hay truenos lejanos que se repiten. Como de puertas golpeadas en el cielo. Él, desde su barquito, sólo mira. Algún día él y Soledad se encontrarán.

La primera en tener la idea fue la abuela. Puso una silla para esperar sentada frente a la puerta cerrada del baño. Hacía rato que quería ocuparlo y sentó a Samanthita en su regazo. Luego se acercaron madre y el tío Rufino. Y padre con el diario, diciendo que no hay cosa más terrible que las mocosas en el baño.

Mientras esperaban, la abuela Perla contó la historia del inmenso zapallo que había nacido en una maceta, allá en su casa. Estaba tan inmenso que hubo que ponerle debajo unos aparatos de madera para que lo sostuvieran.

El tío Rufino larga humo como un viejo tren.

El departamento se estira, hace lo posible. Estas construcciones viejas son buenas, comenta la familia.

Y Soledad, que sale toda llena de algas en el pelo, en la toalla, está de acuerdo. Estas construcciones viejas deben ser bien buenas para poder contenerlos a todos y además, al mar que queda ahí nomás, lamiendo el umbral con su barquito. Y desde el barquito él, que mira y mira a Soledad, cada vez que Soledad quiere que la mire.

La abuela Perla entra apurada al baño y comenta algo sobre la arena y las piedritas que se le meten en las chinelas, esas piedras de colores que cuando se secan se apagan como fósforos. Y cierra la puerta.

Lo mejor que se tiene

Griselda Gambaro

Al amanecer, un mensajero le trajo la noticia de que su hija agonizaba en una comarca del norte. La había casado por conveniencias políticas con un hombre decrépito mentalmente, de costumbres abusivas, y desde entonces no la había visto nunca más. La recordaba con su túnica pesada sobre su cuerpo de niña, los huesos frágiles, sentada en el carromato que la conduciría hacia una comarca extraña y hacia un hombre no menos extraño. Tiempo después, ella se había librado de ese marido impuesto: un tigre, furioso por el aguijón de una flecha que no había alcanzado a herirlo mortalmente, lo despedazó, vengándose, en una partida de caza.

Ella se había quedado sola (aunque siempre lo había estado) y así moría, sola.

Él recibió la noticia con el rostro imperturbable, ordenó que atendieran al mensajero, visiblemente exhausto, y no volvió a acostarse. Caminó por su tienda, los brazos cruzados sobre el pecho, su sombra enorme proyectada contra las paredes. A media mañana, hizo comparecer al mensajero, quien se arrodilló a sus pies, la cabeza baja. Le entregó una valija de cuero, con remaches de bronce, cerrada mediante correas alisadas con piedras, y en cuyo interior había depositado lo mejor que tenía. No sabemos qué era, porque había actuado en soledad como quien maneja lo sagrado de sí mismo y un hombre de mucho poder se torna impenetrable. Con absoluta convicción, pensaba que nadie puede morir si recibe de otro lo mejor que éste posee y que su hija sanaría. Señaló hacia el norte con un gesto imperioso y ordenó al mensajero, aún arrodillado a sus pies, que se pusiera en camino.

El mensajero acomodó la valija junto a sus alforjas, con un salto limpio montó sobre su caballo y partió. El se acostó entonces, pensando en su hija que agonizaba, y durmió hasta pasado el mediodía.

Ian, el mensajero, era ducho en rutas y trayectos; jamás se había extraviado, ni atravesando selvas, tierras no holladas, paisajes vírgenes. No había desempeñado otro trabajo que no fuera ese perpetuo ir y venir, llegar y partir, llevando pliegos que determinaban acuerdos, nupcias, crímenes y guerras. Conocía todos los caminos y aun los atajos que permitían abreviarlos con mínimo riesgo.

Esta vez, porque el rey le había encomendado lo mejor que tenía, su posesión más preciada, declarándolo responsable de la vida de su hija, privilegió la seguridad, desechando los atajos. De cualquier manera, estaba decidido a ganar rapidez sobre la propia extenuación.

Tomó entonces el camino que conducía al norte, claramente marcado entre campos desiertos, bosques, parcelas cultivadas junto a caseríos. Galopó horas sin detenerse, su cuerpo enjuto pero fuerte repuesto de la fatiga del día anterior. Sintió el placer del viento cantando en sus orejas y las leguas que desaparecían bajo las patas de su caballo como las horas de luz. Pero ese camino, ya recorrido en su viaje de ida, que hubiera podido transitar a ciegas, tan neto era su trazado, una única franja apisonada por caravanas y jinetes, de pronto, al término de la noche, se dividió en dos. Dos rutas más estrechas. Él sofrenó su caballo, se apoyó en los estribos alzándose sobre la silla con la mano a la altura de la frente a modo de visera. No recordaba ese doble desvío, ni su instinto, tan infalible en otras ocasiones, lo guiaba para señalarle cuál era el correcto. Miró a su izquierda y derecha, sumido bruscamente en la perplejidad, en una indefinida aprensión. Ya amanecía y había nubes densas sobre el horizonte que avanzaban hacia él. Fueron las nubes las que lo decidieron a emprender el camino que las rehuía, y como era hombre sencillo, no sospechó ninguna malicia de la naturaleza. En el peor de los casos podría volver atrás, consideró sin peso, como una posibilidad remota. Apretó los ijares de su caballo y con un grito se lanzó hacia adelante.

Descansó brevemente al mediodía y siguió. El camino parecía no tener fin, se perdía por momentos en lodazales; ninguna aldea, ninguna choza, ningún terreno cultivado. En sus viajes, durante las horas de luz, se llevaba siempre en la retina la imagen de un aldeano inclinado sobre su azada, el lento movimiento del zapín escarbando la tierra. Pasaba levantando el brazo en saludo, tan rápido que no alcanzaba a retener el gesto que lo devolvía.

Ahora, la luz no le revelaba presencias humanas o inertes, ni la oscuridad las presagiaba.

Sin embargo, poco antes del amanecer, vio perfilarse un monte de árboles apretados que durante el día debían buscar la luz del sol con sus copas afiladas. Ese monte fue una señal amistosa en el paisaje y lo reconfortó vagamente. Después galopó sin encontrar árboles ni matorrales aislados y el paisaje lo desconcertó de nuevo, como si atravesara el vacío.

Ya con el sol en el cenit, sintió su transpiración y la sed. Escudriñó la inmensidad y descubrió a lo lejos una choza perdida. Salió del camino y su caballo, con un relincho asustado, se hundió en un terreno fangoso. Nerviosamente, giró la cabeza hacia él, empacado. Desmontó y lo guió a tierra firme. Le palmeó las ancas y se encaminó hacia la choza que tenía una puerta desvencijada, con travesaños de madera clavados toscamente. Después de muchos golpes, un hombre le abrió, parpadeando a la luz con sus ojos lagañosos. Vestía harapos, la expresión cínica y a la vez entontecida. —Este camino se corta —dijo, señalando las montañas de puntas romas, que aparecieron como un espejismo a la distancia, y que no eran las cimas escarpadas que en una extensión de la frontera impedían el acceso a las comarcas del norte—. Años que nadie pasa por aquí —se complació el hombre, con su expresión cínica y tonta. Rió cazurro mostrando los dientes grandes y amarillos. —Sólo algún extraviado.

Ian lo golpeó fuertemente en el rostro. Luego, enfangándose, corrió hacia su caballo, que buscaba en vano alguna hierba, montó, volvió grupas y emprendió el retorno hacia la bifurcación del camino donde había tomado el rumbo equivocado. La maleta de cuero con sus tachas de bronce, se había deslizado de su sitio y se balanceaba descompasadamente. Descabalgó y la ajustó con rabia. Entonces observó la fatiga de su caballo y galopó en procura de un lugar menos inhóspito para detenerse, fuera de ese terreno donde el fango estallaba en burbujas a la vera más baja del camino. Después de un trecho, el paisaje cambió, tornándose seco y pedregoso. Erguido sobre su silla, los ojos estriados de sangre, maldijo silenciosamente. Cuando ya había decidido descansar en la sequedad y bajo el sol riguroso, con un estremecimiento de los ollares su caballo olió la proximidad del agua, un riacho corría en una cañada poco profunda, detrás de unas rocas; reaccionó clavando los cascos sobre la tierra para alzarse luego sobre las patas traseras con un alborozo lleno de fatiga.

Ian descargó sus alforjas, la maleta de cuero que colocó cuidadosamente en la cima de un montículo de piedras. Liberó al caballo de sus arneses, salvo el bocal, y lo dejó ir hacia el riacho que, insólitamente, él no había percibido; lo ató más tarde, con las bridas flojas, al esqueleto de un árbol quemado para que pastara entre las yerbas duras.

Él comió pan y carne seca, bebió agua y se acostó. Se durmió enseguida. Soñó que entregaba su recado y que al recibirlo, la hija del rey, que sabía era muy joven, curaba milagrosamente. Salvo la paga, jamás espléndida, no había otra retribución ni lo esperaba. En su sueño, tampoco había palabras de gratitud, pero le ofrecían de comer y un jergón para dormir. Él, que no había probado bocado en la jornada, no tenía hambre; se retiraba hacia un río de aguas muy transparentes que corría sobre un fondo de piedras, se refrescaba allí y luego dormía un largo sueño, bajo un árbol florecido, y en el sueño de su sueño, la hija del rey sanaba milagrosamente.

Durmió más de la cuenta, o no había medido su cansancio, porque cuando despertó era de noche.

Ensilló su caballo, con una prisa que le transmitía la pesada valija sobre el montículo, ajustó las cinchas y reinició la marcha. Cabalgó incansablemente por un paisaje que en ese retorno no reconocía. El sentido común le indicaba que debía haber superado ya la bifurcación del camino, al menos el monte de árboles que recordaba altos y netos, pero bajo el resplandor lunar se le revelaba un desierto de llanura, monótono y estéril. En ese trayecto sin señales, temió de pronto la aparición regia de la tienda, repetir como en un sueño de pesadilla, su propio arribo entre el agotamiento y la aprensión, porque solía ocurrir que con las malas noticias desaparecía la paga y recibía maltrato. Imaginaba la tienda y la presencia cargada de poder. Qué explicación habría para ese rey impenetrable que le había entregado lo mejor que tenía para curar a su hija agonizante. Qué explicación sino la vejez de sus huesos que comenzaban a endurecerse sobre la silla del caballo, la distracción imprudente o la pereza a un grado de locura.

Perdió la noción del tiempo. Incluso la aparición regia de la tienda hubiera sido preferible a ese vacío sin término que recorría. Había consumido sus víveres y sentía hambre. Bebió el último sorbo de agua de su cantimplora, se lamió los labios, sediento.

Montañas lejanas se perfilaron entre la bruma de un amanecer tormentoso. Aparecieron a su izquierda y el camino no conducía hacia ellas. Sin embargo, las descubrió con una sensación de alivio, y también de congoja. Eran más ríspidas que las señaladas por el hombre de ojos lagañosos. Detrás estaba la comarca donde agonizaba la hija del rey, de quien se decía que tenía un carácter bondadoso y era muy joven.

Miró las montañas y comprendió que sería empresa suicida emprender el ascenso. Moriría su caballo antes de pisar las suaves pendientes de las primeras estribaciones que, en medio de la bruma, figuraban muy distantes. Él mismo moriría de hambre y de frío. Desmontó y cayó de rodillas, sin entender la naturaleza que siempre le había sido familiar, por más desconocida o extraña.

Se concedió un respiro, más atento a la extenuación de su caballo que a la propia. Cerró los ojos sin dormir. Cuando los abrió, una pequeña aldea que no recordaba haber visto antes se alzaba a unos cien metros del camino. Se incorporó y fue corriendo hacia las casas. En la proximidad, le resultó evidente el abandono. Las puertas caían de sus goznes de cuero, frágiles matas crecían sobre el piso de tierra. Encontró un resto de pan, cubierto de moho, que compartió con su caballo, bebió agua sucia de un charco. Su caballo tenía los ojos empañados por una película blanquecina. Lo dejó descansar y él mismo durmió bajo ese techo, imponiéndose un reposo que rechazaba. Le costó dormirse y no soñó.

A la mañana siguiente, las montañas parecían más altas y heladas. Pero menos hostiles que ese camino cuya oposición no comprendía. Montado y otras veces a pie, emprendió a campo traviesa la ruta hacia las montañas. En las primeras estribaciones, abandonó su caballo, que era lo que más quería. Se ajustó la maleta a la espalda y se alejó, doblado bajo su peso. El caballo lo miraba con sus grandes ojos cubiertos por la película blanquecina, temblaba sacudiendo la gruesa piel brillante de sudor. Entonces volvió, apoyó la cara contra su hocico, le acarició el pescuezo; en un lenguaje compartido murmuró palabras de despedida.

Inició el ascenso con facilidad, a pesar de su cansancio. Pero luego el terreno comenzó a empinarse, las piedras desgarraron sus manos y rodillas. Pisó mal y se deslizó sin control unos metros hacia abajo hasta que pudo asirse de un arbusto; recuperó aliento estirado contra las rocas, y sintió las mejillas húmedas. Se tocó y apartó la mano como de una brasa. Nunca había llorado y se llenó de humillación por estas primeras lágrimas de frustración e impotencia. Lloraba él, cuya fama había trascendido los límites de su aldea, a quien se le podía confiar no importa qué, con la seguridad de que lo entregaría no obstante los accidentes o los malhechores del camino, la lluvia o la nieve. Nunca se le había encomendado una misión tan preciosa y no entendía el castigo de su impotencia.

A los dos días, hacia la noche, alcanzó la cumbre, su espalda oprimida bajo el peso de la maleta, ardiendo como un fuego que el roce de las cuerdas no hacía más que avivar. Nubes cercanas le impidieron ver la comarca que se extendía del otro lado de la cumbre, una comarca rica que alimentaba la ciudad donde se vivía la angustia por la hija agonizante del rey.

Descendió semi inconsciente de fatiga, resbalando en ocasiones sobre rocas alisadas que hubieran podido precipitarlo al vacío, masticando puñados de nieve para calmar su sed y raíces que en la premura no eligió bien y que al rato le crisparon las tripas. Caminó mecánicamente pisando un terreno que se fue haciendo más llano sin que se diera cuenta, el cuerpo agraviado por las lastimaduras de las rocas, los párpados quemados por la reverberación de la nieve. Vio chozas con humo saliendo de sus chimeneas, pero no se detuvo. Cruzó como un mendigo entre otros las puertas de la muralla que franqueaban el paso a la ciudad, atravesó calles y el bullicio de una feria, y llegó a las puertas mismas de la gran casa en una de cuyas habitaciones agonizaba la hija del rey. Sin reconocerlo, los guardias lo rechazaron; no era un mensajero erguido en su caballo sino una criatura de labios agrietados, ropa en jirones y habla balbuceante. Pero la voluminosa valija que llevaba en su espalda, con tachas de bronce, le sirvió de crédito y salvoconducto. Dos guardias le pasaron las manos bajo los hombros y casi en andas lo condujeron a un amplio recinto. Con los dedos agarrotados, desprendió las cuerdas que sujetaban la maleta a sus espaldas. Cayó al suelo aprisionándola contra su pecho y nadie se atrevió a aproximarse porque en sus ojos había un destello de demencia que aún lo hacía temible. Exigió, la voz pastosa, entre ráfagas de oscuridad, que sin demora lo guiaran hasta el lecho donde agonizaba la hija del rey, cuya salvación traía.

Los guardias rieron, murmuraron palabras de burla. Después callaron, inclinándose ligeramente hacia la puerta. Ella apareció, hermosa y joven, en el umbral. Sólo una lejana palidez había en su rostro, último vestigio de una enfermedad que había curado milagrosamente, día tras día, como si en algún lado alguien combatiera por ella con la muerte. Empapó un paño en agua fresca y le limpió el rostro, sin acusar repugnancia por el hedor que despedía su cuerpo. Él le tendió la maleta con sus tachas de bronce, recuperó la voz y trasmitió las palabras del rey: su padre le enviaba lo mejor que tenía, prenda segura de salvación y salud. Pero ella no demostró interés, se encogió de hombros con una sonrisa absorta. Llamó a sus mujeres, les habló y él las vio alejarse atareadas. Casi en seguida, trajeron una tina de madera donde descargaron agua que mezclaron con aceites. Mostrando premura y al mismo tiempo gentil precaución, lo despojaron de sus ropas y lo ayudaron a hundirse en la tina. Él se adormecía en la tibieza del agua, pero con gestos ansiosos y vagos señalaba aún la maleta con sus tachas de bronce, incomprensiblemente olvidada sobre el suelo.

Ella sonrió y para tranquilizarlo, más que obedeciendo a una curiosidad que no sentía, desató las correas y la abrió. Entonces, él se quedó inmóvil, cumplido su mandato, y pudo dormirse en el sopor del cansancio o de la muerte, y de este modo no observó que ella volvía a cerrarla mientras las mujeres reían ante el extraño presente que no contenía nada.

Las luces del puerto de Waalwijk vistas desde el otro lado del mar

Angélica Gorodischer

Anclado en la rada del puerto de Waalwijk había un barco fantasma. Nadie supo jamás si llegó al puerto en ese estado o si se fantasmizó una vez en la rada. Lo que sí se sabe es que llegó allí a mediados del siglo XVI, época de oro para los barcos, fueran o no fantasmas. También fue una época de oro para los grandes escritores, los piratas, los banqueros y las testas coronadas; pero nada se dirá aquí de ellos porque ninguno tiene nada importante que hacer en esta historia. Tenía, el barco fantasma, un aire a la vez colosal y melancólico, como hubiera dicho Monsieur Francis Drake, el famoso biógrafo que se ocupó de la vida del no menos famoso corsario Sir Jean Ray. Se mecía suavemente con las olas y golpeaba sin ruido contra el malecón. En los días claros y en las noches diáfanas se ponía particularmente transparente y a través de los mamparos y de las velas hechas jirones se veían el horizonte o la luna o el sol poniente del otoño. Pero cuando cl smog bajaba, espcso y amarillento, el barco fantasma parecía real de tan opaco y casi se podría haber subido a bordo, cosa que por supuesto nadie intentaba y nadie había intentado en muchos siglos. De vez en cuando se incendiaba. Sí, se incendiaba. Nacía una llamita chiquita, insignificante, en alguna parte, en la arboladura, en una vela, en el camarote del capitán, en un rollo de soga reseca sobre el puente, y crecía, crecía, corría por las maderas, subía al palo mayor, trepaba, danzaba, reptaba y era de pronto un verdadero incendio que consumía al barco e iluminaba las noches del puerto o hacía vibrar el aire anaranjado bajo el sol. Y cuando el incendio terminaba, el barco fantasma volvía a mecerse con las olas y a chocar silenciosamente contra el muelle, intacto, fantasmoso y fantásmico como el primer día de su tan extraña condición. Otras veces ejércitos de ratas fantasmas lo abandonaban presurosas haciendo equilibrio sobre los cabos que lo amarraban a la costa, y se esfumaban al tocar las piedras del muelle. Y otras veces se oía una voz que gritaba órdenes en un idioma desconocido que sonaba a música, adornado con largas vocales abiertas.

Así pasaron años y siglos y el puerto fue despoblándose porque sobrevino la época de oro para los aviones, y poblándose y cambiando porque los ricos llegaban y partían en sus viajes de placer. Durante los últimos años del siglo XX, cuando pudorosas doncellas, descalzas, dulces, suaves como duraznos de mediodía y altivas como dogaresas se hacían a la mar en veleros con quillas de plástico y velas de todos los colores, alguien trató de descifrar el nombre del barco fantasma pintado y despintado en la proa y en la popa con historiadas letras negras. Hasta hubo una polémica en los medios de comunicación masiva y un arqueólogo barbado y estrábico se pronunció por "Hoarfrost" y fue contradicho con cierta acritud por un funcionario del Ministerio de Asuntos Marinos e Ictiológicos que aseguró que se trataba de "Alcandory", mientras el Presidente de la Sociedad Potamós und Talassá refutaba diciendo que era "Donostiarre".

Una de las doncellas despiadadas como dogaresas y doradas como duraznos vernales, se paró una tarde en el muelle y mirando el barco fantasma se preguntó por el nombre verdadero. Su acompañante le dijo algo y ella sonrió. Y en ese momento el barco, como otras veces, empezó a incendiarse. De la sentina se alzó una llama alta y esbelta, y otra después, no tan esbelta pero más alta, y otra y otras, y la doncella gritó. Su acompañante, que era un perfecto caballero, trató de calmarla con palabras suaves y optimistas. Pero una voz de hombre, quizá no un perfecto caballero, pedía auxilio desde el puente en un idioma extraño lleno de aes y de ies que cantaban en medio de las palabras. Así que ella corrió, descalza, y corrió y subió al barco fantasma corriendo para socorrer al que clamaba. Le brillaban los ojos mientras corría, y apenas sentía las piedras bajo las plantas de los pies. Como el acompañante de la doncella era, además de un perfecto caballero, un idiota, sólo atinó a llamar a la policía.

Al día siguiente el barco fantasma ya no se mecía con las olas ni chocaba sin ruido contra el muelle del puerto de Waalwijk. Nunca volvió. Ella tampoco. Se convirtió en fantasma, como tantas otras doncellas y tantas mujeres en tantos siglos, no sólo en el XVI, no sólo en el XX; averiguó el nombre verdadero y a veces brilla en los lugares más inesperados y hay quienes tienen el privilegio de verla.

Huérfano

Ricardo Mariño

Vi a mi amor cuando subía con la olla en la mano. Al llegar al extremo de la escalera apoyó el recipiente en el techo del baño, pasó ella misma al techo y lentamente fue vertiendo el agua dentro del tanque. El primer chorro hizo ruido como de bolitas de acero que golpeaban contra el fondo metálico. Dejó la olla a un lado y se irguió, tomándose la cintura y mirando hacia arriba, donde el sol se ocultaba dando un tinte cobrizo a las copas de los árboles y trazando finas rayas rojas en los techos de zinc. Bandadas de patos surcaban el cielo, sus graznidos eran el silbo de un viento imperceptible y yo estaba henchido de amor, tronando, exigiendo ayuda al dios del cual me animaba a descreer mi abuelo.

—Te vas a bailar, Teresa —le grité desde nuestro corredor.

—Qué hacés, Mario —saludó—. Sí, a ese lugar nuevo—. Se tiró atrás el pelo y en el mismo gesto volvió su mirada a nuestro patio. Dijo que calentaría otra olla y emprendió el descenso.

—¿Qué? ¿Un lugar nuevo? —me preguntó el viejo alcanzándome el mate—. ¿Cómo se llama? —y cuando se lo devolví retuvo mi mano, insistiendo: —¿Qué hace esta chica? ¿Cómo se llama ese lugar?

—En el frigorífico —le contesté—, trabaja en

el frigorífico.

—¿Con vos?

—No, abuelo, ¿qué, va a andar en los camiones?

Cuando volvió a subir se quejó del peso de la olla. Era ahora una figura totalmente oscura recortada sobre el cielo rojo. La brisa que empezaba a levantarse adhería el vestido a sus piernas.

—Decime, Teresa, ¿fumás vos? —le preguntó el viejo, asomando la cabeza por sobre la sombra de nuestro corredor.

—Qué tal, abuelo, ¿cómo está?

—Bien, querida. Si fumás te pregunto.

—Ah, sí —sonrió—. Bah, a veces—. Al terminar de descargar el agua dijo que si no se apuraba terminaría bañándose con agua fría.

—Fuma —dijo el viejo, como si le costara creerlo—. ¿Cuántos años tiene?

—Dieciocho.

—Te lleva cinco. ¿Vos también vas a ir a ese lugar?

Me levanté y llevé la pava y el mate a la cocina. Seguí de largo hasta la pieza y me acodé en el marco de la ventana. El callejón que se veía desde allí estaba en sombras y a cincuenta metros, donde se abría a una calle, una vaca permanecía petrificada junto a la zanja. Se escuchó una radio. Imaginé la acrobacia del viejo para encenderla desde el sillón de ruedas. El locutor describía la quietud del agua en el Tigre y hablaba de las lanchas Paglietini: una chica sentada en el techo de la lancha con expresión ausente y el pelo dorado batiéndose suavemente. El macho de la chica, yo mismo pero rubio, con los codos apoyados en una baranda, mirando la figura de la chica reflejada en el agua.

—¡Mario! —tose, ríe y grita el viejo—. ¡Con algún ricachón debe andar!

La chica del cumpleaños había arreglado la pieza que daba a la calle con fotos de artistas y papeles sobre las lámparas que proyectaban sombras de colores. En un rincón había una mesita con tortas y bebidas, confiada al cuidado de los tres hermanitos. Si alguien quería comer algo debía pasar por la aprobación de los tres, que a cierta altura de la fiesta insultaban a quien se acercaba por miedo a que estuviera consumiendo más de la cuenta. En el patio estaba el padre de la chica despatarrado en un sillón de caña en compañía de una botella vacía.

Bailando sometí toda la noche a una misma chica, fea y escasamente interesada en mi persona, a la batería de preguntas cuyas posibilidades de respuesta tenía puntualmente estudiadas. El interrogatorio incluía, claro, su ocupación y si tenía novio. Dijo que era bordadora, que tenía diecisiete años y que en cuanto a novio tenía algo así como una mitad. Si esa mitad no venía a buscarla en una hora me informó que ella se arreglaría con el que tuviera más cerca. El medio novio era jugador del equipo de fútbol más importante de la ciudad y en mi vida, por esa misma razón, ocupaba un puesto destacado. Tuve miedo de que el tipo entrara y, enojado o para lucirse ante los demás, me agarrara a trompadas.

—¿La conocés a Teresa? —pregunté.

—¿La que trabaja en el frigorífico? Sí, ¿por?

—No, por nada. Para ver si la conocías.

—¿Anda con vos? No puede ser, ¿anda con vos? ¿Cuántos años tenés? —preguntó, por primera vez interesada en algo que guardara relación con mi persona y a la vez dejando entrever que esa posibilidad le parecía rematadamente absurda.

—Dieciséis.

—¿De qué te reís? —tuve que preguntar enseguida.

—De nada, ¿no me puedo reír? —pero un momento después lo dijo—. De Teresa me río, ¿no es ella la que...? —y completó la idea con un gesto que parodiaba una enorme panza. Sólo después de unos minutos pude recuperarme y centrar mi atención en que a la chica no le resultaba claro el autor del embarazo, por lo cual me estaba agregando a su lista mental de sospechosos. Recibí el equívoco con indisimulado orgullo. Esperé un tiempo prudencial y, como no dando importancia, dije:

—A esta hora me gusta caminar. Te parecerá una pavada. Caminar, mirar la luna... soy, ¿se dice bohemio, no?—. Ella, a modo de contestación dijo:

—Vos sos huérfano. No sé quién me contó... —Ella pensaba que sólo a un huérfano se le podía ocurrir caminar y mirar la luna a esa hora. Algo de razón tendría.

Salimos. Por un momento pensé que las cosas estarían realmente perfectas si nos viera Teresa. Pero era la primera vez que una mujer hacía dos pasos en mi compañía y después de diez metros no pude dejar de pensar en cómo sería besar. Solamente una vez lo había hecho, mientras bailaba, con una chica que era garantía de no saberlo tampoco. Pensé en todas las maneras de acomodar los labios.

Tal como le había asegurado la luna estaba ahí arriba. Nos llegaba además la música lejana del baile de un club y los bramidos de los camiones que pasaban cada tanto por la avenida. Ella admiraba que yo reconociera las marcas de los camiones por el ruido que hacían. Yo era, decididamente, feliz.

Los huérfanos —dijo, luego de un largo silencio— leen mucho—. Unos metros más adelante, agregó: —Bah, qué sé yo, me parece a mí.

Sí, yo también creía que todos los huérfanos leían mucho o, al revés, que todos los que leían mucho lo hacían debido a algún tipo de orfandad. Según ese razonamiento yo era huérfano en las dos variantes y en cuanto a la segunda leía los diarios socialistas que le traían al viejo y releía la colección Grandes Novelas.

—¿Te gustaría estar al lado de un río? —extraje del libreto.

—¡Sí! —gritó entusiasmada. A juzgar por la exclamación había soñado toda su vida con estar en un lugar así con un ayudante de camionero, hablando sobre la orfandad. Naturalmente, no hubo ningún plan de ir a nada que se pareciera a un río y el tema de los huérfanos no fue retomado. En cambio, inesperadamente le dije, con una de mis frases memorizadas, que la quería. Nada menos. Los dos nos sorprendimos. Ella rió más de lo que eran capaces de tolerar mis nervios. Finalmente dijo "yo no". Traté de salir del paso diciéndole que en realidad yo tampoco, pero de inmediato me entristecí. Y es que ahora ella me parecía bellísima y distante. Pensé que de todas maneras, aunque me diese bolilla en ese momento, al día siguiente cuando se enterara de mi verdadera edad me odiaría para siempre. ¿Y si nos convertíamos en novios y un día nos casábamos? Cuando ella tuviera cuarenta yo tendría treinta y cinco. Era mucha diferencia. Lo mismo con Teresa. Un día estaría yo sentado a la mesa y de pronto la miraría a ella, cualquiera de las dos, y el enemigo que llevo adentro me preguntaría: ¿esa vieja es tu mujer?

—A las dos menos cuarto pasa un tren carguero —le informé cuando llegamos al paso a nivel.

Lo esperamos tirando piedras a un charco, mientras le contaba las hazañas de mi abuelo. El viejo acostumbraba a pedir a algún vecino que hiciera el favor dc llevarle un paquete a otro viejo que arreglaba zapatos al otro lado de la ciudad. Adentro del paquete iba una enorme piedra o un atado de ladrillos. A los pocos días el otro viejo le devolvía algún enorme trasto inservible con un nuevo comedido. Y así eternamente.

Finalmente llegó el tren: como sobrecogidos por el estruendo nos abrazamos. El convoy ya estaría a diez kilómetros y yo ya había despejado mis dudas sobre cómo se usaban los labios para besar, cuando ella dijo:

—Si me viera mi novio…

¿Seguía siéndolo? Le recordé que no había pasado a buscarla en el plazo fijado. Sonrió y señaló a dos perros que treinta metros más allá compartían un enorme hueso. La enorme luna caía sobre sus lomos lustrosos con algo de líquido, de llovizna. Traté de pensar en qué nos parecíamos a esos perros o, en todo caso, por qué a mí me parecía que había algo que nos emparentaba con esos perros.

Regresamos. A cada paso ella parecía más feliz y yo más triste. Pero luego me repuse porque mientras ella saltaba en un solo pie sobre una serie de cuatro pequeños puentes, pensé: traicionó a su novio conmigo. ¡Conmigo!

Poco después nos separamos.

Metí las manos en los bolsillos y caminé muy lentamente hacia mi casa. Pensaba en esa calle de tierra volátil, en la música que llegaba desde el baile. En ese momento pasó el loco que se creía corredor de bicicleta. Todas las madrugadas salía a entrenarse en una bicicleta de reparto con manubrio de carrera. Le tiré un piedrazo que dio en los rayos de la rueda trasera. Me miró aterrorizado y yo a él. Salí corriendo y recién a las dos cuadras caminé más tranquilo: la madrugada, las sábanas flameando, el canto de un gallo, el olor de la levadura de una panadería. Me extrañó que ningún cambio importante se hubiera operado en mi persona después de haber besado a una chica de diecisiete años.

—Buenos días, distraído.

Era Teresa. Estaba adentro de una camioneta, me pareció que con un tipo medio viejo. Saludé vacilante, sin resolverme a seguir como venía —pateando una piedra y relatando la jugada— o a detenerme y mirar quién era el tipo. Seguí camino tratando de aparentar firmeza. Aún dentro del patio de mi casa continué así. No fui a mi pieza. Me aposté en el tapial para mirar al patio vecino. Diez minutos después se encendió la luz en la habitación de Teresa y entró ella. Tiró los zapatos a un rincón, se besó la mano, la llevó al vientre y dio una vuelta de vals, y otra, y otra, y se dejó caer en la cama. El huérfano se quedó allí pensando en que algún día se iría de esa casa y esa ciudad y que sólo regresaría después de muchos años. Hizo un esfuerzo y logró ver todo lo que lo rodeaba como si ya fuera un recuerdo.

(Del libro *Silbidos en el cielo*, Ediciones Corregidor, Buenos Aires, 1981)

Huevo

Graciela Montes

Esta historia empieza con un huevo. Eso no sería tan raro, porque, en realidad, la mayor parte de las historias empiezan con un huevo. Lo raro de esta historia es que también termina con un huevo; eso la convierte en una historia peligrosa.

El primer huevo, el huevo del principio, es el huevo de un *Tragapanta voracissimus*, más conocido como monstruo tragón. De modo que esta historia empieza con un huevo lisito y brillante, entre rosado y violáceo, de cáscara casi transparente y de medida estándar: dieciocho metros de alto y catorce de ancho, o bien catorce de alto y dieciocho de ancho (convengamos que no es fácil medir un huevo).

Hasta aquí, nada raro. Hasta aquí, todo normal.

El tragapanta rompió el cascarón con su diente único y poderoso y nació (o algo así, con los tragapanta nunca se sabe).

Corrían tiempos difíciles para los monstruos tragones. Me refiero a que no era fácil conseguir comida, y menos que menos comida sana, nutritiva, buena de digerir. Los plesiosaurios, por ejemplo, que abundaban —y mucho— por ese entonces, nunca les cayeron del todo bien a los tragones. Bastaba que se comiesen un plesiosaurio en ayunas para que se pasasen regurgitando todo el santo día. Tampoco les resultaban demasiado codiciables los tiranosaurios: las escamas de la nuca y sobre todo la cresta dentada les raspaban dolorosamente la garganta. Las piedras que arrojaban día y noche los volcanes, aunque sabrosas, no les significaban más que un aperitivo, y cada vez era más difícil cazar al vuelo algún que otro globital, esos bellos pájaros de escamas brillantes y carnes tiernas que anidan en las nubes del atardecer. En fin, que la vida no empezó demasiado bien para el monstruo de nuestra historia.

Pero, con todo, nació. Y nació dispuesto a todo. Quiero decir que, en cuanto nació, empezó a tragarse el mundo. (Tampoco eso tiene nada de raro: todos empezamos a tragarnos el mundo en cuanto nacemos.)

El pobre tenía demasiada hambre y muy poca comida. Y, peor aun: no hubo ninguna madre tragapanta que anduviese de aquí para allá acarreando pterosaurios en el pico. Los monstruos tragones nacen huérfanos, pobrecitos, y tienen que vérselas a solas con el mundo desde el primer momento.

Bueno, para hacerla corta: empezó por dos o tres dinosaurios que encontró al paso. Siguió por la montaña en cuya ladera estaban aún diseminados los trozos más rosados y más brillantes de la cáscara del huevo. Avanzó sobre un valle lleno de pterodáctilos. Se tomó tres océanos de un solo sorbo. Para la hora del almuerzo ya había tragado la cadena montañosa más elevada de la época, incluidos los animalejos que vivían en sus grietas. Merendó siete bosques recién nacidos y se bebió, uno a uno, los trescientos mil ríos, riachos y arroyitos que antes fluían hacia los mares y que ya para esa hora, a falta de mares, andaban de acá para allá, vagando como perdidos. Al caer la noche ya se había tragado todo el planeta, y todavía sentía el estómago vacío.

Emigró hacia el sol y se lo tragó de un trago. El resto de los planetas y todas sus lunas le sirvieron de postre. Se supone que esa noche durmió tranquilo: afuera estaba oscuro y la panza se sentía tibia, con el sol adentro.

Se sabe que emigró después hacia otros puntos de la galaxia, y luego hacia otras galaxias, llenas de puntos.

Eso sucedió hace mucho pero mucho tiempo. Los eructos y los suspiros del tragapanta van señalando el paso de los años.

Y no habría de qué asustarse. Acá adentro todo anda más o menos bien. Seguimos teniendo un sol que brilla (siempre y cuando no amanezca nublado). Hay estrellas, bosques, volcanes. Los ríos fluyen otra vez hacia los mares. No hay dinosaurios, es cierto, pero al menos hay monos, yacarés, leones. O tan siquiera gatos y perros, canarios, tortugas. No está tan mal vivir acá. O no estaría. Lo malo es lo que está por suceder. O, mejor dicho, lo que sucedió esta mañana.

Según el noticiero de las ocho —que, como todo el mundo sabe, sólo se apoya en fuentes fidedignas—, acaba de aparecer un huevo entre rosado y violáceo en la ladera sur del Aconcagua. Lisito, brillante, de cáscara casi transparente y de medida estándar.

El diosito

Gustavo Roldán

Lo que más me costó fue realizar los milagros. Ahí comencé a sentir como una culpa. Todos sabían que yo tenía que hacer alguno, me lo dejaron entender muy clarito, pero yo me hacía un poco el tonto, que no era cuestión de decir que sí y después no poder. Uno no puede estarse todito el día haciendo milagros, pero tampoco puede hacerse el tonto.

Por ahí es donde comenzaron las habladurías, y habladores son los que nunca faltan, para decir barbaridades como las que dijeron del *pai* José del que solamente habían recibido cosas buenas, y todo porque en los últimos tiempos no hacía tantos milagros como en otras épocas y se dedicaba más a pensar y se hacía cuidar por las muchachas. Es que la gente no entiende que a veces hay que pensar mucho.

Yo no quiero que me pase igual. Porque fueron ellos los que empezaron a decir que yo tenía un poder muy grande. Es cierto que la curé a la Emiliana, y algo debe haber porque lo que es hacerle no le hice nada, pero yo me le acerqué una vez que estaba con un mal y le dije, o así dicen que le dije, "que te sanés Emiliana", y ella se sanó y todos saben que era grave lo que tenía y solamente el charlatán del Martín, que es charlatán como para desquitarse de lo que todos dicen de él, y él es el único que dice que la Emiliana estaba con un atracón que se dio en el monte con tunas calientes.

Para los que no se convencen está también la vez que lo toqué al hijo de la Negra cuando fui al rancho diciendo que iba a verlo al chico y que la Negra y yo sabemos a qué fui esa tarde, pero no lo voy a andar repitiendo de casa en casa ni la Negra tampoco. Y el caso es que pasó lo que todos saben, que el chico se sanó después que yo lo visité, igual que la mayor de las hijas del Facundo que tenía una fiebre que no la dejaba dormir de noche y en eso estoy seguro que fui yo el que la sané, aunque no se le pasa por completo porque vuelta a vuelta se me mete en las casas diciendo que le agarra como un miedo a que eso le empiece otra vez y un poco me obliga a que la cure.

El que se portó muy bien conmigo es el Horacio, que me dio una vaquillona de puro contento cuando se la traté a la mujer, a la Lucía. Después tuvieron una chancleta, y ya hacía cuatro años que no podía tener hijos la Lucía, y me lo agradeció porque yo me gasté mis buenas horas con la Lucía. Buen hombre el Horacio.

Buen hombre el Horacio. Lo que no sé es cómo puede gustarle el trabajo. A mí lo que me pone contento es estarme bajo un algarrobo las horas enteras con el mate, o gastando un palito con un cuchillo. Eso sí que es de mi gusto, y así fue que me hice ése que dicen que es un diosito y que debe ser el que me ayuda a mí. Que pienso mucho también dicen, y un poco es cierto, a mí debe gustarme pensar porque si no tendría que gustarme el trabajo como a los otros, y eso es algo que nunca entendí y hasta prefiero comer poco, total yerba nunca falta, y con eso me las arreglo y con algunas pavas de agua.

Aunque ahora ya no me anda haciendo falta nada, pero cualquier cosa prefiero antes que andarme matando de sol a sol, que se ve que uno no ha sido hecho para eso. De ese pensar mío tal vez salga mi poder, porque debe ser cierto si todos lo dicen y no hay más que acordarse de otras tantas cosas que comentan que hice y que yo tengo tan mala memoria que ni por un rato me las acuerdo, pero si todos lo dicen muy cierto que debe ser, porque aseguran haberme visto y yo no soy quién para decirle a un hombre decente que está mintiendo.

El Horacio ya me anunció que tal vez le esté haciendo falta otra cura a la Lucía, porque quiere tener más hijos y parece que la otra curación ya se le fue. Me la va a mandar a las casas unos de estos días. Igual le aconsejó que haga a su compadre Raúl. Buen hombre el Horacio.

Al comienzo no me gustaba del todo el asunto, pero venían y me insistían a cada rato "si vos podés", "qué te ha de costar". Tengo mucho que aprender, les decía yo, pero seguramente algo debía poder ya que todos lo decían y un poco como para convencerme se iban dejando algún regalito que yo no quería agarrar pero que me obligaban.

Con el tiempo le fui tomando el gusto porque tiene sus cosas lindas, pero a veces me queda todavía como un miedo, aunque ahora ya les expliqué que cuando está en el diosito que se tienen que morir se tienen que morir, y en ese caso es mejor si él los quiere a su lado.

Lo de la yarará fue una idea que se me ocurrió mucho después, aunque tal vez ni hubiera estado haciendo falta. Es que uno aprende desde chico a jugar con las víboras. No hay más que agarrarlas contra el suelo con una rama con una horqueta, bien contra la cabeza, y ya no hay peligro de nada. Después que se dé bien el gusto de morder un pedazo de chapa o de vidrio y no le queda ni una nadita de veneno y mejor si muerde después también un pedazo de gallina muerta por si acaso algo le pueda quedar.

Así fue que como por casualidad encontré esa

tarde la yarará que tenía encerrada en un cajón y delante de todos me hice morder en un brazo. Más miedo no sentí nunca que cuando la agarré para que me muerda, pero ya no podía volverme atrás si todos se quedaron quietos mirándome como sabiendo que el diosito no iba a poder dejar que nada malo me pasara tan justamente a mí.

Después de eso fue que dijeron todos los milagros que dicen que yo hice y de los que no me acuerdo, pero que debe ser cierto si todos lo dicen. Son muy buenas gentes que me cuidan para que yo los cuide, y yo a los regalos los acepto en el nombre del diosito solamente. Buena gente todos, pero más el Horacio, que ya estoy suponiendo la vaquillona que me piensa regalar si le hago tener otro hijo, y más si es un machito, que es lo que me dio a entender que le gustaría. Pero si no es esta vez seguiremos probando hasta que alguno tenga que salir. Buen hombre el Horacio.

Marilin se ramifica

Silvia Schujer

Marilin entra al negocio de ropa al mismo tiempo que la noche en la tarde.

Se dirige a la empleada que le ha salido al encuentro. Le pide un pantalón elastizado y da su talle.

La empleada entrega a Marilin la prenda. La invita de inmediato a trasladarse al probador.

Los probadores están al final del negocio. Son pequeñísimos cuartos separados entre sí por biombos y están distribuidos en dos hileras enfrentadas. Una hilera de probadores hacia la derecha. Otra, a la izquierda.

Cada probador tiene un puf donde apoyar los bártulos, un espejo grande en el frente, una cortina pesada y oscura que oficia de puerta.

Cuando una cortina está abierta, en general, el probador desocupado. Cuando dos probadores enfrentados están libres, los espejos se reflejan entre sí.

Marilin elige un probador desocupado de la derecha. Cierra la cortina y desaparece tras ella.

Con no poco trabajo por la escasez de espacio se quita la pollera que trae puesta y se calza los pantalones. El fácil deslizamiento del cierre corrobora el acierto en el cálculo del talle.

Primero se mira de frente. Evalúa si la reducción que se produce en el ancho de sus caderas justifica la compra. Acto seguido, el perfil.

Por último, de espaldas a su propia imagen y haciendo girar la cabeza hasta donde el cuello y los ojos acceden, se mira el reverso.

Marilin descorre la cortina y dando pasos hacia atrás se observa desde otra perspectiva. Se aleja, se acerca. Se agacha. Se vuelve a parar.

En esto está, cuando una mujer que abandona el probador exactamente enfrentado al suyo deja abierta la cortina. Y es ahí cuando su imagen frente al espejo (la de Marilin) aparece seguida de una hilera de seres iguales a ella. Una fila infinita de sí mismas que repiten sus gestos y sus movimientos como si ensayaran una coreografía.

Marilin se entusiasma con la multiplicación de su persona Al compás de una música que recién ahora escucha, se pone a bailar. Fuera del probador, pero siempre frente al espejo su cuerpo hace muecas y contorsiones que, alineados tras ella, otros cuerpos repiten a la perfección.

No puede sacarse la vista de encima.

Las empleadas la miran con indiferencia.

Por fin se acerca la que la estaba atendiendo y le explica que van a cerrar.

Marilin decide la compra. Se queda con el vaquero elastizado. Entra al probador. Recoge su cartera y la pollera que traía puesta. En el espejo, infinitas Marilin recogen su cartera y la pollera que traían puesta.

Sale del probador en busca de la caja. Tras ella, infinitas Marilin salen del espejo y la siguen hacia la caja. La hilera es ordenada e interminable.

Marilin paga y con su mano derecha agarra la bolsa donde alguien ha guardado su pollera vieja. Tras ella otra Marilin paga y con su mano derecha agarra la bolsa donde alguien ha guardado su pollera vieja. Tras ella, otra. Y otra tras la anterior. Las vendedoras despachan de prisa.

Sin darse vuelta, Marilin camina hacia la puerta de salida. La abre. Encara la calle y, a sus espaldas, una hilera de Marilin la encara también. Primero, sus cuerpos la siguen en fila. A las pocas cuadras, se desparraman entre la multitud. Algunas Marilin miran vidrieras, otras entran a la peluquería. Algunas trepan los colectivos, las más apuradas descienden por la escalera del subte. Hay una que se abraza con un hombre en una esquina.

Marilin llega a su casa. Es de noche y está cansada. Trabajó mucho ese día y también caminó.

Busca la llave en su cartera. Saluda al portero en el hall. Toma el ascensor. Baja en el quinto piso. Se detiene ante la letra B. Hace girar la llave. Por fin entra a su departamento y se saca los zapatos. Tira sobre un sillón la cartera y la bolsa donde han guardado su pollera vieja. Recuerda que tiene pantalones nuevos y se dirige al espejo del living. Se está mirando de frente cuando de pronto escucha que alguien abre la puerta de su departamento. Es ella que entra y se saca los zapatos. Enseguida se oye el ruido de una llave que se mete en su cerradura. Es ella que está abriendo la puerta. Al instante, se oye un ruido de pasos que viene por el pasillo desde el ascensor.

Son las cuatro de la mañana y Marilin ya no cabe en su propia cama.

Princesa, mago, dragón y caballero

Ana María Shua

A la mañana siguiente debían enfrentarse en el Gran Torneo por la mano de la Princesa Ermengarda. Y esa noche el Caballero Arnulfo de Kálix y el Príncipe Verde bebieron juntos por el fin de la amistad que los unía y por la eternidad de la belleza (que los separaba).

Hacía muchos años que el Gran Torneo había comenzado, y nadie conocía la fecha de su fin. Su fama había crecido hasta apagar la fama de la Princesa. Desde las más lejanas comarcas de la cristiandad acudían los jóvenes participantes, atraídos por el sonido marcial de las lanzas al chocar con los escudos. Había muchas razones por las que un Caballero podía estar interesado en intervenir en el Gran Torneo y muy pocas tenían relación con la Princesa. Muchos padres nobles enviaban a sus hijos a templar su juventud en la justa. Algunos venían a cumplir una condición impuesta por sus damas para conquistar sus mínimos favores. Los más ilusos creían poder enriquecerse con el botín de los vencidos (unas cuantas espadas rotas, caballos heridos y armaduras desarticuladas). Pero la mayoría deseaba conquistar fama y honor: y no había oportunidad en la tierra como la que daba el Gran Torneo, donde un joven desconocido podía transformarse en el tema de una canción de gesta con sólo atreverse a desafiar a un caballero de bien ganada gloria. Hasta un pobre segundón, desheredado por el derecho de la primogenitura, como el Príncipe Verde (cuyo verdadero nombre nadie conocía) podía batirse en las mejores condiciones: no faltaban los mercaderes dispuestos a prestar armas y caballos a cualquier aventurero dispuesto a demostrar en la liza la bondad de sus mercancías.

Día tras día nuevas tiendas de campaña se añadían al enorme campamento. Nobles, príncipes y caballeros las ocupaban: unos como participantes, otros, como simples espectadores. Algunos traían en sus comitivas a sus confesores privados. Otros pertenecían a órdenes religiosas. Escuderos, palafreneros y mozos de cuadra los servían. Bufones, saltimbanquis, bohemios y comediantes los divertían. Los mercaderes proveían a sus necesidades. Había también clérigos andantes, dispuestos a darle la extremaunción al más humilde de los contendientes. Hacia el este, en tiendas de colores profusos, hermosas cortesanas rendían sus encantos a los nobles, príncipes y caballeros y a sus privados.

Un poco más lejos, en tiendas de colores desteñidos, prostitutas más pobres o más viejas ofrecían sus servicios a los mercaderes, a los escuderos, palafreneros y mozos de cuadra, a los bufones, saltimbanquis, bohemios y comerciantes, y también a algunos clérigos andantes. Aquí y allá se levantaban capillas dedicadas a santos y beatos de todas las tierras. Había comenzado ya la edificación de una iglesia. Y en los terrenos cercanos a la liza construcciones más sólidas comenzaban a reemplazar a las tiendas de campaña. Pero ésta no es la historia de la ciudad de Uxval, de su nacimiento, auge y decadencia. Ésta es la historia del Caballero Arnulfo y la princesa Ermengarda.

Doce años tenía Arnulfo cuando escuchó por primera vez la leyenda del Dragón y la Princesa, entonada por un trovador errante en la feria de Kálix. El trovador, acompañándose con su laúd, cantó primero la clásica belleza de Ermengarda, sus cabellos-oro-trigo, sus perlas-dientes, la terrible blancura de su piel. Después, cambiando el laúd por un tamboril y usando los registros más graves de su voz, enumeró las pruebas que debía atravesar el caballero que quisiese romper el maleficio. Sólo un héroe que hubiera vencido en justa lid a tantos caballeros como el doble de sus años por los cuatro elementos, aire, fuego, tierra y agua estaría en condiciones de enfrentar al Mago que gobernaba al Dragón que custodiaba a la Princesa que bordaba, encerrada en el castillo, el tema sin tiempo del Castillo, la Princesa y el Dragón. Sólo aquél que hubiera derrotado al Mago podía enfrentarse con el Dragón.

Arnulfo, que había prestado una vaga atención al resto de la leyenda, se sintió de pronto llamado a su destino: el tema del combate con el Dragón le encendía los sueños. Esa misma noche juró sobre la empuñadura de su primera espada vencer en justa lid a tantos caballeros como el doble de sus años por los cuatro elementos, aire, fuego, tierra y agua, vencer al Mago, vencer al Dragón y liberar a Ermengarda. El joven Caballero Arnulfo sintió la necesidad de comenzar a prepararse para tan grave tarea y al día siguiente el más grande de los perros del castillo de Kálix sufrió las primeras consecuencias de su osado juramento: sólo sus ladridos desesperados lo salvaron de la espada vengadora de Arnulfo. Su padre lo castigó con un largo encierro que el muchacho empleó en grabar, sobre la mesa de roble de su cuarto, el nombre de Ermengarda, a quien todavía ni siquiera imaginaba. Porque sólo pensaba en el Dragón.

En la noche húmeda el Caballero Arnulfo y el Príncipe Verde recorrieron sin hablar los tentáculos del monstruoso campamento. Ni siquiera el Rey de Braxberg podía haber previsto el éxito de su idea cuando instituyó el Gran Torneo Permanente por la Mano de la Princesa Ermengarda. Sabedor de que un espectáculo semejante atraería multitudes de todos los rincones de la tierra —multitudes dispuestas a prodigar su oro—, el rey había decidido utilizar la fama de la antigua leyenda para llenar las arcas de su reino, empobrecido por las guerras que los generales del rey ganaban en el campo de batalla y los representantes del rey perdían, invariablemente, en el campo de la diplomacia. Como todos conocían los beneficios que a Braxberg reportaba el Gran Torneo, eran muy pocos los caballeros que creían en la existencia de la Princesa. Es cierto que muchos llevaban al cuello su retrato, una miniatura de la obra de un maestro florentino, que producía y vendía en una de las tiendas del campamento un discípulo del gran maestro, arrojado de su taller por su afición al aguardiente. Pero la mayoría lo usaba sólo como amuleto y, en todo caso, la ridícula hermosura de la mujer del retrato parecía verificar la inexistencia de la modelo.

Sin embargo, el Caballero Arnulfo y el Príncipe Verde creían en la Princesa Ermengarda y en su belleza inverosímil. Sabían, sin necesidad de palabras entre ellos, que al día siguente se enfrentarían en justa lid y lucharían hasta que sólo uno de los dos quedara vivo, por el amor de la Princesa Ermengarda. Y el vencedor habría cumplido la primera de las pruebas cantadas por la leyenda. Por eso preferían el silencio, la lenta observación de las gotas de humedad al condensarse sobre el frío de las armas.

Cuando Arnulfo llegó por primera vez al Gran Torneo era un adolescente ingenuo y arrogante que se creía desencantado y cínico. Estaba seguro de vencer en breve tiempo, y por la sola fuerza de su brazo, a tantos caballeros como el doble de sus años por los cuatro elementos, aire, fuego, tierra y agua. El Caballero Arnulfo amaba y deseaba ya a la Princesa Ermengarda (a su imagen) como un chico ama y desea a su primera, no poseída bibicleta. Con pasión. Tercamente. En el primer combate la lanza de su rival atravesó el pecho de su caballo, y Arnulfo descubrió, con la muerte, cuál había sido hasta entonces el verdadero amor de su vida. Con su propia espada, llorando, cavó la tumba de Brodo. La tarea le demandó un día entero y arruinó por completo el filo de su espada. En el segundo combate fue desmontado por la fuerza de su propia lanza al clavarse en el hombro acorazado de su rival. Su nuevo caballo lo arrastró por la arena, con un pie enganchado en el estribo, quebrándole una pierna. Pero esta vez su oponente, un muchacho apenas mayor que él, no quedó mejor librado. El Caballero Arnulfo tuvo oportunidad de descubrirlo cuando se encontró junto a él en uno de los jergones de la tienda que hacía de hospital de campaña.

Al principio, reconociéndose como rivales, se limitaron a mirarse con fiereza. Pero las heridas tardaban en cerrarse, crecía el encierro, y pronto se les hizo necesaria la palabra. Con profusión de mayúsculas, Arnulfo se decidió a relatarle al Príncipe su combate con el gigante Brangosh, en el Bosque Encantado. Apenas unas horas tardó el Príncipe Verde en responder equitativamente con la descripción de la batalla en que venció al rey moro Abencaján y a toda su comitiva sin más armas que su ingenio y sus manos desnudas. Fue tal vez lo minucioso de este relato lo que permitió al Caballero Arnulfo recordar como, vencido el gigante Brangosh, sus siete gigantescos hermanos vinieron en su ayuda. Continuó, entonces, el Príncipe Verde su batalla, ahora contra toda la vanguardia del ejército moro. Si los dos valientes caballeros hubiesen estado libres para vagar a su antojo por el campamento, encontrándose de vez en cuando para beber juntos una copa de hidromiel, moros y gigantes hubieran seguido reproduciéndose en progresión geométrica (y nunca hubieran llegado a ser amigos).

Pero en la situación actual se veían obligados a compartir cada segundo de penuria, a escuchar cada uno de los gritos que les arrancaban las dolorosas curaciones, a soportar juntos la indignidades pequeñas que su estado les imponía. Eran jóvenes y generosos y no tardaron en olvidar buenamente sus fantásticas historias para confiarse su mutua decepción con respecto a la honestidad de la justa, su total desesperanza con respecto a la victoria y su verdadero amor por la Princesa Ermengarda. Cierto es que nunca hablaron mucho de ella. Los dos amaban y deseaban ahora a la Princesa Ermengarda (a su imagen) como ama y desea un muchaho de barrio a una estrella de cine. Secretamente. Sin esperanzas. En sus ensueños coincidentes la imaginaban con un vestido muy claro, muy tenue.

El Caballero Arnulfo y el Príncipe Verde no volvieron a separarse y su amistad ejemplar fue primero comentada y después temida. Crecieron y se formaron juntos en el Gran Torneo y él dio fuerza a sus cuerpos y cambió sus ojos. Al principio, para poder permanecer cerca de la liza, se vieron obligados a entrar en el servicio de caballeros más viejos y más ricos. Mezclados con los demás servidores, humillados por los de más categoría y despreciando a los más bajos, aprendieron mucho más de lo que deseaban saber. Aprendieron a beber sin respirar enormes jarras de cerveza. Aprendieron los rápidos movimientos de las manos que en los juegos de dados y de naipes seducen al azar. Aprendieron los escasos, repetidos misterios de las tiendas de colores profusos y de colores desteñidos. Desde entonces el Caballero Arnulfo debía cuidar la blanca imagen de la Princesa Ermengarda, siempre dispuesta a mezclarse, en sus ensueños, con las cansadas imágenes de las prostitutas.

Y llegó el día en que el Príncipe Verde y el Caballero Arnulfo se sintieron preparados para volver al combate. Luchando costado a costado desafiaron y vencieron y fueron desafiados y vencieron y llegaron a ser célebres y temidos. Sabían ahora cómo burlar sin ser vistos por los jueces las reglas del torneo. Sabían que una armadura liviana es más valiosa que una armadura impenetrable. Sabían que luchar contra el sol es luchar contra el más peligroso de los enemigos. Sabían reconocer, entre muchas, una espada bien templada y, en una tropilla, al caballo más apto para el combate. Sabían cómo utilizar en su favor las desigualdades del terreno. Sabían quiénes eran los jueces venales y quiénes los que pretendían ser justos.

Los dos amigos se miraron a los ojos, dejando que el silencio creciera como un muro que los separaba, solos los dos, del resto de la noche. Y el Caballero Arnulfo supo que nada podía existir sobre su afecto, su amistad por el Príncipe. Excepto la imagen de la Princesa Ermengarda. Porque el Caballero Arnulfo amaba y deseaba ahora a la Princesa Ermengarda (a su imgen) como ama y desea a su primera, no escrita novela, un exitoso redactor publicitario. Con desesperación. Con desencanto. Antes de retirarse a sus respectivas tiendas, los dos renovaron en alta voz su juramento de vencer o morir por la Princesa, y cada uno se despidió del otro para siempre en secreto.

Todos los años algún noble participante llegaba a completar el número mágico de victorias y con gran pompa dejaba el torneo. El combate final, anunciado por los pregoneros del viejo rey de Braxberg, atraía más público que de costumbre. Ese día los pechos respectivos de las damas presentes se agitaban con más suspiros. El vencedor, cargado de honores —y del botín de los vencidos—, volvía por lo general a su feudo, donde tenía asegurado hasta el fin de sus días el respeto de todos los hombres y la admiración de todas las doncellas. Si pocos eran los que al llegar soñaban con la Princesa Ermengarda, todos la habían olvidado al retirarse. Y sin embargo, en medio del polvo, del barro y la sangre, el Caballero Arnulfo y el Príncipe Verde le habían sido fieles en su corazón. Y mientras ganaban con los dados cargados, le habían sido fieles en su corazón. Y hasta en las tiendas de colores desteñidos o profusos, le habían sido fieles en su corazón. Mañana uno de los dos partiría hacia el castillo de la Princesa y el otro, con la Princesa en su corazón, habría muerto.

Hace calor. El Caballero Arnulfo transpira dentro de su armadura recalentada por el sol. No hay viento, todas las banderas están apagadas. A causa del sudor, el polvo se adhiere a las pocas zonas descubiertas de su piel. Uno de los caballos está muerto. La sangre de sus heridas atrae a las moscas. El Príncipe Verde está en el suelo. El Caballero Arnulfo está arrodillado junto a él. Le corta, con su espada, las correas del yelmo. Un escarabajo trata de trepar un montículo de estiércol. Sube y vuelve a caer, varias veces, patas arriba.

Con el calor, la arena reverbera. Arnulfo arranca el yelmo de la cabeza de su amigo. Lo tira a un costado. Una exclamación agita a los espectadores. Algunas damas se inclinan ansiosas para observar mejor lo que sucede en la liza. Algunos caballeros se inclinan ansiosos para observar mejor lo que sucede en sus escotes. El espectáculo es interesante y sin embargo se extraña ya el fresco refugio de las tiendas. No todos desean la sangre. En cambio, todos desean el final del combate. Hace mucho calor.

El cuello del Príncipe Verde brilla, muy blanco. Arnulfo piensa sin querer en la piel de la Princesa Ermengarda. Un pájaro cruza el horizonte. Es difícil decidir si se trata de un águila, de un buitre o de un halcón. Está demasiado lejos. La espada levantada de Arnulfo prepara el gesto de una muerte rápida (honrosa), una muerte digna de su afecto (de su respeto) por el hombre que yace. Sólo entonces comprende que no puede mover su brazo. Que el Príncipe ha logrado, con la sola fuerza de sus ojos, suspender en el aire el peso de su espada.

"No me mates", dicen sus ojos. "Renuncio para siempre a la Princesa Ermengarda. Es verano y en mi aldea las mujeres llevan los brazos descubiertos y cualquiera puede ver las gotas de sudor en el vello de sus axilas. Es verano, y la tierra tiene un olor dulce, pesado. Hay duraznos blancos y duraznos amarillos y todos son grandes y jugosos. Es verano, y hasta las flores tienen pétalos de carne. Las doncellas descubren el placer cálido de la orina corriendo entre sus muslos. Y en la tienda de colores profusos me espera la hermosa Melisenda, sabia en secretos de amor. ¡No me mates! Renuncio para siempre a la Princesa Ermengarda. ¡Qué me importa a mí de su blanca leyenda! No quiero morir en verano, cuando todas las mujeres son princesas. Quiero morir en el lecho, donde todas las princesas son mujeres".

Eso dicen los ojos del Príncipe y ni un segundo ha transcurrido entre el gesto del Caballero que levanta la espada y el gesto que la arroja sobre la arena como una serpiente rígida, muerta. Y aunque el Príncipe Verde vive y vivirá muchos años, y morirá como un anciano venerable rodeado por sus quince nietos y sus cuatro concubinas, el Caballero Arnulfo llora hoy la muerte de su amigo. Una muerte más honda que la de su cuerpo.

Sucio, cansado, lastimado, el Caballero Arnulfo deja el Gran Torneo. Ha vencido ya a tantos caballeros como el doble de sus años por los cuatro elementos, aire, fuego, tierra y agua. Recién ahora siente el calor, como un animal peludo sobre su pecho. Tiene ganas de llorar.

El Caballero Arnulfo ama y desea ahora a la Princesa Ermengarda (a su imagen) como el funcionario ambicioso en la mitad de su carrera ama y desea el alto puesto al que ha sacrificado ya casi todas sus esperanzas. Obstinadamente. Con tristeza. Cabalga en la vaga dirección que indica la leyenda. Su decisión reemplaza a la poca precisión de los datos y llega así, al cabo de muchos días, a la Ciudad del Mago y el Dragón.

Ninguna ciudad, por altas que fueran sus torres, podía asombrar a un hombre que había templado su juventud en el Gran Torneo. Y la ciudad del Mago y el Dragón no era una excepción. Satisfecho de haber llegado a uno de los lugares mencionados por la leyenda, el Caballero Arnulfo decidió alojarse en una posada cualquiera y pronto se hizo conocer en toda la ciudad por sus insistentes preguntas acerca de la residencia del Mago.

El primero en ser interrogado fue el posadero y su respuesta, una larga carcajada. "En esta ciudad no hay Magos", le dijo. "Pero a fe mía que hay hermosas hechiceras". Y le guiñó un ojo a la robusta doncella que fregaba los pisos de la posada. "Esta ciudad lleva el nombre del Mago y el Dragón en memoria de una vieja leyenda. Pero bien sé que debería llamarse la Ciudad del Rojo Vino y la Cerveza Clara". En verdad, sus rojas mejillas parecían atestiguar sus palabras. Arnulfo sonrió, bebió hasta el fin sin respirar su jarro de cerveza clara, y se dispuso a continuar la búsqueda. Pero cuando repitió su pregunta ante otros ciudadanos, se encontró siempre con el mismo asombro sonriente. Unos proponían el nombre de "Ciudad del Oro que Rueda" y otros el de "Ciudad de la Sota y de la Dama". Pronto pudo comprobar el caballero que todos tenían razón, porque el rojo vino y la cerveza clara corrían alegremente por la ciudad, y se hacían en ella prósperos negocios en los que el oro rodaba cambiando de mano, y el dado y la baraja adornaban todas las mesas de sus tabernas.

El caballero comprendió que para hallar al Mago debería emplear más fuerza y más astucia de la que había usado para vencer en justa lid a tantos caballeros como el doble de sus años por los cuatro elementos, aire, fuego, tierra y agua. Pero el Gran Torneo le había enseñado también el monótono arte de la espera. De modo que se estableció sin apuro en su habitación de la posada y se dispuso a esperar tranquilamente. Y hubiera podido vivir mucho tiempo sin más preocupaciones que su amor por la Princesa Ermengarda, pues su bolsa estaba bien provista, si uno de los jóvenes aprendices que trabajaba para el posadero no hubiera huido una madrugada llevándose a la más fea de sus hijas, y a los dineros (suyos y de sus clientes) que el posadero guardaba en el hueco de una viga.

El aprendiz volvió unos meses después trayendo a la muchacha, embarazada y pálida, pero nada volvió a saberse del dinero, cuyos métodos de reproducción suelen ser muy otros.

Aconsejado por el buen posadero y con su acuerdo el Caballero Arnulfo puso en práctica algunas de las habilidades aprendidas en el Gran Torneo para restablecer su bolsa.

En una de las mesas de la posada estableció su banca y con naipes marcados se dedicó al juego. Como sus maneras eran afables y sus ganancias moderadas, no tardó en atraer una honesta clientela. Los pequeños personajes de la ciudad se sentían engrandecidos y halagados de tener la oportunidad de perder unas pocas piezas de plata con un hombre que había vencido en justa lid a tantos caballeros como el doble de sus años por los cuatro elementos, aire, fuego, tierra y agua.

Una tarde, mientras Arnulfo relataba una de las historias que más agradaban a sus rivales (había resucitado aquellos alegres gigantes de su adolescencia y tomaba prestados a veces a los moros del Príncipe Verde) un hombre muy joven lo desafió a una partida. El extranjero, hijo de un rico mercader, era libertino, impetuoso y grosero y pese a todos sus esfuerzos (destinados a proteger su honra y su clientela) el caballero Arnulfo se encontró al final de la tarde en posesión de un importante cargamento de tapices del Oriente.

Cuando el caballero Arnulfo discutió, regateó

y finalmente vendió los tapices en la feria de la ciudad, obteniendo por ellos más de lo que había ganado nunca en el juego, y una satisfacción tan íntima como jamás hubiera imaginado, descubrió que el comercio también podía ser una pasión. Comerció primero con lana y con trigo, y después con tejidos de Bretaña y encajes de Flandes, y después con espadas de Toledo y después con oro y con plata y con piedras preciosas. Y después comerció con el Tiempo: entregó sumas de dinero que otros apurados mercaderes debían devolverle más y más aumentadas según hubiesen transcurrido días o meses o años. Y como el comercio del tiempo, que es la usura, estaba prohibido por la Iglesia, el Caballero Arnulfo contrató a un hábil judío que por una justa comisión y un justo número de pequeños robos aceptó aparecer como la cabeza visible de sus múltiples negocios.

La más grande, la más bella de las casas de la ciudad fue suya. Y la más nombrada. Arnulfo de Kálix se entregó al lujo con la misma ferocidad con que se había entregado al combate. Los nobles de la ciudad se complacían en visitar su casa. Los pequeños personajes que habían sido esquilmados en su mesa de juego, se complacían en denigrar su nombre. Todos sabían por qué medios crecía su fortuna. Nadie se hubiera atrevido a mencionarlo en su presencia. Sin embargo, cuando Arnulfo pidió la mano de la hija de uno de los señores más altos de la ciudad, su futuro suegro se consideró obligado a exigir, en secreto, pruebas de su pureza de sangre. Cuando los enviados del Caballero Arnulfo regresaron de Kálix con los pergaminos sellados, se celebró la boda.

Su esposa era muy joven y su carne muy suave. Su casa estaba llena de criados y de almohadones. Y el Caballero Arnulfo hubiera olvidado para siempre a la Princesa Ermengarda si una noche su joven mujer no lo hubiera recibido con la mirada roja y el retrato de la Princesa en la mano. Había encontrado en un arcón la miniatura que tantos años llevó Arnulfo bajo su cota de malla. Y cuando el caballero vio una vez más el rostro de Ermengarda, su hermosura inverosímil, comprendió que ninguna ternura cotidiana, que ningún afecto de la tierra podía llenar el vacío que ese amor total y desbocado había dejado en su vida. Y supo también que ningún éxito entre los hombres, que ningún halago para su carne, que ninguna fría pasión para su mente podría reemplazar en su alma hueca la imagen ardiente de la Princesa Ermengarda. Y cuando esto apareció claro ante los ojos de su mente, supo también que la Ciudad del Mago y el Dragón no existía, que toda la ciudad (cada una de las nervaduras de cada una de las hojas de cada uno de los árboles de cada una de sus calles, y también su mujer y la posada) no era más que una trampa del Mago para atraparlo y distraerlo, para hacerle olvidar a la Princesa que bordaba encerrada en el castillo.

La ciudad se desvaneció a su alrededor y Arnulfo, un hombre adulto en la fuerza de sus años, se encontró solo en una vasta pradera, frente a la choza donde vivía el Mago. El Caballero Arnulfo amaba ahora a la Princesa Ermengarda (a su imagen) como el piloto de un gran avión comercial para innumerables pasajeros ama a la frágil avioneta monoplaza que nunca más volverá a pilotear. Más que a nada. Angustiosamente.

Como en un sueño, el Caballero Arnulfo sabe que ésa es la choza del Mago. Como en un sueño, lo sabe sin que nada se lo indique. Entra despacio, con la mano en el pomo de su espada, y no espera encontrarse con ese muchachito rubio, de rasgos vagamente familiares, que lo mira sin miedo desde el otro lado de una mesa de roble donde está torpemente tallado el nombre de Ermengarda. Sin detenerse, porque teme mirar a su alrededor, el caballero avanza con la espalda dispuesta a matar. Entonces el Mago habla, y su voz no es la de un niño.

"Porque osaste comerciar con el tiempo", le dice, "con el tiempo te combatiré". Y tomando un puñado de años los arroja sobre su perseguidor. El Caballero Arnulfo siente que su frente se cubre de arrugas y en un espejo lejano ve encanecer levemente sus sienes. Es ahora un hombre de mediana edad y si su mano aprieta todavía con fuerza la empuñadura de su espada, sus piernas no son ya tan rápidas para correr. La fatiga lo acecha con su cara de plomo y se acorta su aliento. Corre al Mago alrededor de la mesa de roble. En su cuerpo la grasa empieza a disputar la supremacía del músculo. En su mente, la ansiedad del pasado comienza a disputar la supremacía del futuro. Siente el terror y la angustia de los años perdidos.

El Caballero Arnulfo, un hombre que ha doblado ya la curva de los años, ama a la Princesa Ermengarda con una pasión llena de furia y cuando vuelve a avanzar, amenazador, contra el Mago, lleva en su mente las carnes blancas de la Princesa y se imagina saciando —vengando— en ellas tanto dolor, tanta sed.

El Mago toma entonces de un cuenco toda una brazada de años y vuelve a arrojarlos sobre él. Arnulfo de Kálix ya no corre. Sabe ahora que sus cabellos son blancos, y la espada cae de su mano arrugada, manchada y vieja, sin fuerzas para sostenerla. Un velo membranoso se extiende entre sus ojos y la luz. El Caballero Arnulfo es ahora un anciano y sus ropajes cuelgan sobre su cuerpo enflaquecido y débil. Pero con los años llega también la sabiduría.

El anciano comprende que nunca podrá vencer a la Magia con la Espada. Con su voz cascada desafía al Mago: una partida de naipes definirá la victoria. Y como el Mago es un niño, acepta el juego, dejando caer el breve montoncito de años que le hubiera asegurado la eternidad de Ermengarda.

Dos días y dos noches juegan el Mago y el Caballero. El Mago cuenta con todas las artes de la magia para dominar al Azar. El viejo cuenta sólo con la habilidad de sus manos temblorosas, cada vez menos rápidas.

Pero el azar es caprichoso, no le gusta ser dominado y está celoso de la magia. Fatigado, se entrega de pronto al Caballero Arnulfo. El Mago ha sido derrotado.

El anciano Caballero Arnulfo ama ahora a la Princesa Ermengarda (a su imagen) como un hombre que nunca vio el mar ama la vieja fotografía de un barco que cuelga de la pared de su escritorio y que ha mirado todos los días de su vida. Por costumbre. Fatigosamente.

Sólo unas pocas leguas separaban al Caballero Arnulfo de Kálix del castillo donde estaba prisionera la Princesa Ermengarda. Pero sus viejos huesos no soportaban ya las largas cabalgatas. Bastó una sola noche a la intemperie para convencerlo de las nuevas necesidades de su cuerpo. Así, a pesar de su urgencia—desesperada— debió contentarse con avanzar un breve trecho cada día. Su edad le exigía descansos repetidos en cada una de las posadas del camino. Entretanto, su pensamiento no descansaba. Pero el Caballero Arnulfo no pensaba ya en la Princesa Ermengarda. Como en aquellos días en que por primera vez escuchara la leyenda, sólo pensaba en el Dragón. Y en lugar de desear el combate, lo temía, con todas sus fuerzas. Con las pocas fuerzas que le quedaban. Aferrándose al andrajoso pedazo de vida que le faltaba vivir. Soñaba con terminar sus años en un pueblo cualquiera, con la imagen de Ermengarda calentándole el recuerdo. Pero cada vez que cruzaba un arroyo, el reflejo de su cara arrugada le recordaba el largo precio que había pagado ya por la Princesa. Y sus hábitos de viejo comerciante le exigían recuperar la inversión. Intentarlo. El aliento de fuego del Dragón quemaba sus pesadillas.

Sin embargo, cuando Arnulfo llegó por fin al castillo y se perfilaron sus muros hasta cortar la bruma, un espectáculo asombroso se presentó ante sus ojos lagañosos. Vencido el Mago—anulada su fuerza—, el Dragón era un juguete roto que giraba sin control alrededor de su eje, como un robot enloquecido. El soplo de fuego de sus narices quemaba el extremo de su cola escamosa y este estímulo doloroso imprimía a su giro una velocidad uniforme, inusitada.

El viejo Caballero comprendió que el combate no tendría la forma de sus sueños. Sin temor se acercó a la bestia y con la mayor precisión posible calculó el diámetro de la circunferencia descripta por el Dragón, la aceleración inicial, la posición y velocidad relativa de las distintas partes del cuerpo en movimiento.

Después ató su lanza a la montura del caballo y con un fuerte golpe lo lanzó en línea cuidadosamente tangencial contra la circunferencia rugiente. El choque fue explosivo y lanzó lejos caballo y lanza. Pero el combate ya estaba definido. El movimiento circular del Dragón comenzó a hacerse más lento y su cabeza se fue haciendo visible como se hacen visibles los rotores de un helicoptero que detiene sobre la tierra su vuelo. Un hilo de sangre brotaba del ojo izquierdo del Dragón.

Vencedor en justa lid de tantos caballeros como el doble de sus años por los cuatro elementos, aire, fuego, tierra y agua, vencedor del Mago y del Dragón, el Caballero Arnulfo había ganado la libertad de la Princesa Ermengarda. El anciano Caballero Arnulfo.

Cae el puente levadizo, se abren las puertas del castillo y una blanca figura sale corriendo de su oscura boca. Su belleza es real pero no verosímil. La Princesa Ermengarda, llorando, se abraza al cuello del Dragón, y trata de devolverle con sus besos su hálito de fuego. No le importa mancharse el vestido muy claro, muy tenue, con la sangre verde de su amigo. Tantos siglos, tantos largos y aburridos siglos han pasado juntos Ermengarda y el Dragón. La Princesa levanta la vista y mira asustada al Caballero, ese desconocido.

Novios de madre

María Elena Walsh

Atilio, solterón asmático de ojos lascivos a lo Florencio Parravicini, cae siempre en buena hora con un paquete de merengues, y tras colgar rancho y bastón vigila en el espejo el arabesco de sus pelos sobre la calva y avanza por el hall con la ufanía de saberse el único amigo que Enrique ha introducido en la casa a pesar de ser un suspirante de Lucy, o quizás por eso mismo.

Enrique no parece disfrutar de la compañía varonil, le aburre el arracimamiento excluyente del club o del café, que por otra parte no existe en la zona sino bajo la desdeñable forma del "despacho de bebidas", detesta la vana charla y uno de sus insultos preferidos es ¡chatterbox! Cultivó el muchachismo en otra era, en parrandas con serenatas y románticos picnics en islas del Tigre, ahora prefiere seducir a niños y peregrinas, con la jovialidad de los hombres que no tuvieron infancia.

"Me gustan mucho las chicas", le confió por carta a su abuelo, que habrá sonreído al leer la precoz confidencia del adolescente en ese Londres victoriano tan fruncido ante los comentarios personales. —Y siempre siguió siendo mujeriego —amarga observación de Lucy, la muchacha *chisporroteada en pecas bajo rulos de bronce* a la que convirtió en su segunda esposa, rescatada del rebenque paterno.

Atilio ha sido su subordinado en el trabajo, es incapaz de contestar la autoridad absoluta del Jefe y contribuye a organizarle la vida. A él se debe el éxito de los fastos de la reciente jubilación de Enrique, después de dedicarle cuarenta años de su vida al Ferrocarril: el banquete en el hotel Marconi, presidido por los imponentes funcionarios británicos que izan el Union Jack cada 11 de noviembre en la estación de Plaza Once. Atilio administró la colecta para los numerosos regalos elegidos no sólo con irreprochable buen gusto sino por el volumen y el peso: una locomotora ornamental de mármol y bronce, posada sobre auténticos fragmentos de rieles, un pergamino inmenso enmarcado en media tonelada de cedro, un Quijote en dos tomos sólo manuable por un atleta, una mesa-escritorio de caoba con tapa de cuero que será colocada al bies y estorbando el paso en el hall y necesitará de cuatro pares de brazos para moverla un par de centímetros y dejar espacio en las fiestas, una lámpara de alabrastro de pie con pantalla de seda china y adornos de cuentas de azabache.

Pasada la celebración, Atilio se abanica largamente con el rancho y resopla y vela por la comodidad de Enrique en este nuevo ciclo de su existencia, destinado a cosechar una paz doméstica por la que tanto se sacrificó, y para lograrla Atilio cuenta con su singular ascendiente sobre la señora y las niñas de la casa.

—Porque Atilio es más tío de las chicas que sus propios tíos, cosa no tan difícil teniendo en cuenta el carácter de esos hombres —según la atinada observación de Lucy.

—Ahora papá estará todo el tiempo en casa — le dice Atilio a María—, tendrás que cuidarlo y mimarlo, no hacer ruido cuando duerme la siesta, no darle disgustos, alcanzarle los anteojos y el diccionario y sobre todo, sobre todo, contestarle siempre en inglés.

Teme que las cotidianas borrascas desatadas por la menor irriten al prócer que inicia su etapa de placidez, pero no será así. María está feliz de tener tal cantidad de padre por fin a su disposición: es un anciano robusto de 55 años, pero ella no lo considera viejo sino grande y fuerte y necesita venerarlo, imitando sus grandes zancadas y sentir *que hemos nacido para vagabundear por aquellas colinas, sin mujeres, las manos cruzadas a la espalda.*

Lo acompaña a la carpintería del fondo o anda de su mano por las calles del Centro al que se accede tras un viaje en tren, otro en subte —donde irá siempre arrodillada en el primer asiento, descifrando los misterios del túnel—, otro en tranvía donde correrá a acomodarse en la primera banqueta, u otro, excepcional, en taxi, que ofrece la divertida actividad de desdoblar los traspuntines.

El padre-abuelo le mostrará el mundo, un paraje sereno, cómodamente transitable, despoblado y parsimonioso, donde muy poca gente disfruta de las cosas porque las multitudes no tienen motivos para hacinarse en las ciudades, ni medios para compartir las holganzas de los bien vestidos. Estrenarán insólitas aventuras, como la de aquella tarde en que toman el té en la confitería del Zoológico y un ñandú les engulle la bandeja de masas en dos bocados y María no pestañea tal vez porque no ha aprendido a asustarse de esas minucias que hacen lloriquear a niños menos acuciados por otros monstruos interiores.

El padre le enseña a abrir los ojos grandes como los de Eddie Cantor en aquella primera película con una secuencia en colores donde Eddie baila en un parque florecido de golosinas. Y la lleva a contemplar los solemnes señorones de Prilidiano Pueyrredón, la Manuelita Rosas deslumbrante de terciopelo carmesí y alhajas, que parece sarlirse del marco para implorar: Tatita, perdonelós a esos salvajes. O la enfrenta con los paisajes de Fernando Fader, a quien María toma por un mago capaz de atrapar la cegadora intensidad de la resolana, como quien paraliza a un *tigre tigre ardiendo brillante en los bosques de la noche*.

—¿Cómo hizo para pintar el sol? —le pregunta María al padre, que no dispone de muchas respuestas.

—Con pinceles, y las pinturas mezcladas sobre una tablita que se llama paleta.

No es eso lo que pregunta, y quizás para obtener mejor respuesta, años después María decidirá estudiar en la Escuela Nacional de Bellas Artes y su padre se opondrá por la muy atendible razón de que hay otra escuela de dibujo en la línea del Oeste, precisamente en Flores, en tanto que la Nacional queda en pleno centro: ¡un viaje inútil! Después de un verano entero de trifulcas y portazos, el padre tendrá que ceder convencido por Lucy, que no entiende ni soporta las hostilidades sino con el argumento de que padre e hija tienen el mismo carácter, son unas mulas. El padre, llegada la pubertad de una hija que jamás accedió a decirle una palabra en inglés, la acompaña en la larga travesía hasta la calle Talcahuano durante los primeros días de clase, portando tablero, regla T, rollo de papel Ingres, caja de chinches, miga de pan para borrar, frasquito de fijador, carbonillas, devoción por el colorinche paradójicamente vedado por los reglamentos de esa dichosa Escuela.

El señor sale también con mujer y ambas hijas, todos de punta en blanco, a visitar a la extensa parentela o a contemplar los fuegos artificiales en la Costanera el 25 de Mayo, o a pasear por la calle Florida y comprar en Casa Tow, mojar un pañuelito en el surtidor de agua de Colonia de la farmacia Franco Inglesa y tomar el té en la confitería Richmond, donde suena gloriosamente una orquesta de jazz cuyo "crooner" o cantor es nada menos que Thorry, Juan Carlos, y por eso María insistirá en que ocupen la primera mesa, junto al estrado. Un día el padre saluda a Thorry en inglés y lo invita a compartir la mesa, mientras a María la vergüenza tanto la domina que se le transforma en una especie de ira tiesa, pantalla de tan aterradora emoción. Thorry reparte una sonrisa encandilante a toda la familia y se niega cortésmente y Laura queda con la impresión de que Juan Carlos canta pero no habla en inglés y María queda como interiormente comprometida para otro encuentro, a solas con ese célebre, inigualable galán de pelo rizado y voz de Bing Crosby.

María borrará al resto de la familia de sus recuerdos, preferirá creer que esa era bucólica le pertenece, que siempre fue sola con su padre a recorrer el mundo, *esas colinas...*

Colinas, mares y viejas torres de las que hace poco él ha regresado con tres camellos cargados en Woolworth, orgía de regalos que Atilio le ayuda a desenvolver, armar, vestir y manipular hasta que ella acaba en cama, con fiebre y calzada una nariz con el bigote de Groucho Marx que no querrá quitarse ni ante la funesta presencia del médico.

A pesar de que le resulta imposible abarcar todos sus regalos, no soporta la bicicleta grande destinada a Laura, los celos la incendian de furia y desea con toda el alma que en la primera salida su hermana se rompa la crisma, pierda varios dientes y recale en el zanjón apestoso.

Pudo escribirle al padre breves cartas dictadas por la Nona y franquedas por Atilio, y recibió varias postales inquietantes con la atildada caligrafía y el peculiar humor paterno:

"Recorro las tiendas de Londres para ver si compro una mami nueva". Y otra, con una bailarina larga y oscura vestida con una faldita de bananas, Josephine Baker, en cuyo dorso ha escrito que es su sweetheart.

Estas misivas, y rollos de revistas ilustradas que ocultan en sus pliegues un pañuelito de gasa, suele encontrarlas María en el buzón de hierro colocado en la verja a la altura de sus pocos años. El buzón entraría en sus sueños implacablemente, durante todas las edades, y siempre tendrá que agacharse hasta su infancia para rescatar los misteriosos mensajes venidos de otro mundo viejo, de tiempos otros, *allá en el fondo del gran jardín de nuestro olvido.*

Una noche invernal, de sobremesa, Atilio invitó a María a irse con él a Necochea. La nostalgia de las grandes aguas y los lugares exóticos donde habitaran bailarinas vestidas de bananas deslumbraba a la fantasiosa chica de mal genio, que aceptó la invitación porque intuía que no hay que dejar pasar de largo las posibilidades de aventura.

Pidió permiso y se lo dieron, la familia entró en la comedia porque nada apreciaban tanto como las bromas, las cachadas. Lucy guardó una bombacha, un diminuto bañador de lana y un peine en la valijita de hule y la abrigó hasta las orejas con el tapado de salir y el consabido cuellito de conejo con ojos.

—Está loca –murmuró Laura.

—Traeme ruido de caracoles —encargó Tony, distraído.

—Mucho cuidado con los hipopótamos que salen de noche a comerse a las nenas —dijo el padre y eso ya fastidió a Lucy.

—Mentiras, en Necochea no hay hipopótamos ni mosquitos.

—Por allí se hundió una vez un barco —dijo Eduardo con un aplomo avalado por su experiencia en un naufragio— y los marineros ahogados salen del fondo del mar y se pasean por la playa envueltos en sábanas y están todos podridos.

—¿Y qué más? —preguntó Laura interesadísima, mientras María entornaba sus párpados auditivos pero no podía evitar que se le filtraran imágenes macabras para reproducir en sus pesadillas.

—¡Atilio, dejála allá, que se la coman los tiburones! —solicitó Laura.

—Pero tesoro, ¿cómo decís eso? ¿Querés venir vos también?

—¡No! —replicaron a dúo las hermanitas.

María superó presagios e insidias, se despidió de todos y salió al patio de la mano de Atilio. En el jardín oscuro el frío los tumbaba y una vez en la calle desierta, con los faroles que se bamboleaban arrojando fantasmones sobre los cercos, se sofocó de arrepentimiento pero no lo dijo. Recorrieron en silencio y al trote el camino hasta la plaza, donde Atilio se detuvo a mirar el reloj de la iglesia y dijo:

—Me parece que es un poco tarde y que la noche está muy fresca para ir a Necochea, será mejor que lo dejemos para otro día, ¿no te parece?

—Bueno —dijo ella, repentinamente ansiosa por recuperar el olor a batata al horno del que se había desterrado minutos antes.

Y entonces regresaron al calor de la cocina-comedor, donde fueron recibidos como a pródigos, riendo todos a carcajadas, menos Eduardo que festejaba con su modito socarrón, la bombilla entre los dientes, y Enrique que iniciaba un coro con el siempre servicial:

—For he's a jolly good fellow...

Otras noches, en una pieza del fondo, Atilio le da biógrafo. Arma él solo el tinglado, jadeando: corre la pesada mesa y coloca sobre ella el prehistórico proyector y desenlata los rollos de película escondedora de espectros. Deshace la cama de Bobby y tiende una sábana como pantalla. Antes de que apague la luz, la solitaria espectadora se ha sentado en el estante de la mesa, bajo el aparato que empieza a repicar como si moliera piedra.

Son vistas mudas, en sepia, que Atilio proyecta sólo para María, quizás con el fin de aplacar alguna de sus habituales rabictas, o porque a él le gusta ver sin más testigos a las bañistas descaradas, las damiselas de boquitas de corazón, las beldades de su tiempo. Pasa fragmentos de escenas playeras o las célebres grescas de Carlitos contra Trompifai, bailes con príncipes bajo arañas de caireles o una secuencia terriblemente barbada del Conde de Montecristo. Suele sonorizarlas canturreando *Ramona, tus rojos labios de coral, Ramona, eres mi diosa angelical.*

La preferida de la espectadora es una vista en la que dos hermanos vestidos de marineros juegan al diábolo en un jardín y el varón se cae al estanque, para horror de la hermanita que hace *girar los brazos como dos aspas locas* en desesperada gimnasia y entonces viene un Rin Tin Tin que se tira al agua y rescata al niño arrastrándolo por el cuello marinero, y una vez a salvo la hermana lo cubre de besos y aceleradas caricias mientras el rope mueve la cola y parece sonreír como el gato de Chesire.

Pérfidamente Atilio proyecta luego *El Sobe:* una pareja vestida de gala en una escena amatoria entre pieles de leopardo y jarrones con palmeras. Cuando el caballero de cuello palomita y arabesco de pelos sobre la calva —idéntico a Atilio— le arranca un apasionado "sobe" a la dama, que resiste con uñas y dientes pero al fin sucumbe, María se pone a llorar, desesperada como la niña marinera, se tapa los ojos y arma tal escándalo que Atilio debe interrumpir la función, encender la luz y recibir unas cuantas trompadas ciegas en su vientre ornado de una gruesa cadena de oro que lastima los puños de la pequeña vengativa.

Vuelven ambos a la cocina, una desgañitándose en improperios que enmascaran una real y atroz angustia, el otro fingiendo ofenderse, pero nada le divierte más que ese previsible epílogo, siempre repetido, con chillidos y mocos y pataleo de la nena que no soporta presenciar la escaramuza erótica ni siquiera reflejada sobre una sábana vertical.

Mientras se refugia hipando en el regazo materno, Laura, desdeñosa al verla insistir en ese teatro pueril y estúpido, le dice a Atilio:

—¡Ya le pasaste otra vez el *Sobe*! ¿No ves que es loca, que no entiende nada?

—Bueno, bueno, ya pasó —la consuela Lucy, mientras Atilio cambia guiñadas con Eduardo, que le tiende un mate cómplice.

La pequeña espectadora crecerá hasta ser una mujer que explora displicentemente la jungla de los sex-shops, los barrios pornos, la triste y monótona imaginería cultivada por los niños grandes, los eternos novios de la carne triste, los hurgadores de hembras-roperos, los boy scouts de retorcidas violencias. No siente ni piensa ni juzga, asida a la mano fantasmal de Atilio pasa por ese amontonamiento de erotismos como quien se sueña perdido en un arruinamiento de ruinas.

En una tarde clara y amplia como el hastío va con madre y hermana a visitar a Atilio en su cuchitril de soltero, en los altos del bazar de Pagani, cruzando la vía. Allí ve, sobre la cabecera, en lugar de las estampas religiosas, una fotografía ampliada, coloreada y enmarcada en un suntuoso óvalo de caoba, de ellas tres, y descubre que son la devoción del solitario, su sagrada familia. La foto le cuenta que Atilio ama a su madre, y piensa si no será hija de él, a pesar de que la intensa semejanza con su propio padre no da lugar a estas suposiciones novelescas.

El pobre está en cama, como colgado de los barrotes de bronce, desorbitado por un ataque de asma, fumando cigarrillos balsámicos del doctor Andreu, flanqueado por dos hermanas de cachetes chupados y torvedad monjil. La piadosa visita parece presagiar una fatalidad, pero Atilio por fortuna tardará bastante en dejar este valle de ahogos.

Él también acude a respirar mejores aires —o

a colmar sus bronquios de espinillo pulverizado— a Unquillo, y se instala en una pensión cercana a la casa de los tíos de María, el chalet bautizado Mountain Dew, no con el fin de conjurar la implacable sequía sino para olvidarla cerrando los ojos sólo para abrirlos en otro tiempo: el de un almanaque con paisajes de Suiza.

Con María de la mano da largos paseos en los que debe detenerse, disimulando la penuria de su aliento con la tarea urgente de piropear a las muchachas peregrinas, modosas bajo sombrillas floreadas:

—¡Preciosa! ¡Dios le conserve esos ojazos de fuego!

Las paseantes le sonríen con la condescendencia debida a los viejos galantes, decidores de requiebros finos, que las consuelan de tan moderna guaranguería. María observa mucho y entiende poco las efusiones verbales o manuales que los hombres dedican a las mujeres, contrariando las reglas de cortesía que a ella procuran inculcarle.

—¿Son amigas tuyas? —le pregunta.

—¡Ojalá, querida!

—¿Y por qué les hablás si nadie te las presentó?

—Porque son flores, Dios las pone en mi camino para que yo me deleite con su belleza y su perfume.

Laura le explica estas cosas de otra manera —para algo es mayor— tampoco demasiado comprensible:

—¿No ves que es un viejo verde?

Y entonces María se acuerda de Lucho, el boticario, a quien ha visto, por desgracia, comportarse de extraña manera con la pobre Tula, en actitudes tan poco finas que no ha podido revelárselas a nadie, y las carga como un secreto molesto, como los juegos de villanos de sus hermanos.

—Lucho no es viejo, zonza —aclara Laura.

—Hasta donde yo sé, es un muchacho modelo —dice Lucy sobre su costura—, estudioso, culto, muy atento.

María no se atreve a replicar, pero una vez acompañó a Tula a la farmacia y ella le pidió permiso a Lucho para pesarse en la balanza de la trastienda. Él, sonriendo a lo Barrymore desde la divina distancia de sus ojos celestes bajo nocturnas cejas, le dijo:

—Pero cómo no, preciosa, pasá.

Y la obligó a atravesar el pasillo estrecho pegada a él, y hasta ahí Tula sonreía de fascinación, pero él aprovechó la volada para estrujarle groseramente un pecho. Tula le desprendió la mano y él, muy hábil, con la otra le levantó la falda, el viso rotoso, y la media zurcida con hilo de otro color agobió a María, que les hizo creer que no veía todo por el espejo y se puso a toquetear los clavos de la cabezota del Geniol que reinaba sobre el mostrador. Tula no se pesó sino que salió como tejo, repartiendo carterazos al aire, y la sacó de allí zamarreándola, mientras Lucho las despedía con carcajaditas y divertidos destellos de sus claros ojos de muchacho modelo.

El tío Ben no dice que Atilio es un viejo verde ni dice nada en realidad, porque no lo toma en serio, lo mira como por un telescopio y allá lejos ve a un hombrecito caricaturesco que no es tonto y se da cuenta muy bien del desprecio pero se limita a sonreír y esconder un amago de tos en su inmenso pañuelo impecable y trata a Ben con la paciente distracción debida a los forasteros.

Porque el tío Ben jamás acabará de llegar a estas tierras, en las que recaló hace ya varias décadas. Es un ingeniero suizo incomprendido, amargado porque no lo consultaron para construir diversas y defectuosas obras públicas y porque jamás se resignará a que la ciudad de Córdoba fuera fundada en un pozo. Se lustra los zapatos artísticamente antes de largarse al camino cubierto por un espeso colchón de harina gris, y con terca monotonía murmura denuestos contra el atraso nativo, esa desgraciada conjunción de latinos latosos e indígenas indigentes. Conserva intacto su acento gutural y su desmadre con la gramática y consume libro tras libro que confirme sus convicciones. Hace buenas migas con Enrique, evocativas charlas en inglés, empapadas en soñados efluvios de vinos del Rin.

El tío Ben tiene dos hijos rubios, escarchados universitarios que rara vez descienden de la ciudad donde se quedan con la madre. Todos le explican a María que éstos son también primos suyos. Cuando conceden una brizna de conversación, arrancada amablemente por Enrique o Atilio, se comprueba que cultivan un elegante acento extranjero a pesar de haber nacido en esa Córdoba execrable, o por eso mismo. Este asunto de los acentos intriga a María y curiosamente la empuja a redoblar su adoración por Atilio y ponerse firme de su bando.

El tío Ben se desespera por enviar a sus hijos a Europa, disgustado de sólo pensar que pudieran casarse con chinitas, chiruzas o modistillas. Pero pasa el tiempo y la mala suerte heredada les impide viajar y se quedan solteros, eternos novios rubios y de ojos lejanos, el uno momificado sobre códigos y expedientes, el otro torcido entre los microscopios y los frascos de pis de un laboratorio alemán.

Don Enrique y Atilio intercambian mate y recuerdos en el porche, interrumpida una partida de ajedrez o de naipes, cuando infaliblemente el tío Ben, en el lado opuesto de la casa, busca la complicidad de Lucy comentando:

—Los dejo solos porque siempre hablan de chicas.

Y Lucy contesta con una sonrisa oblicua y pasa el largo verano intimidada por ese hombre que pertenece a la incomprensible raza de los cuñados. También intimida a María, pero reconoce que es de a ratos generoso, le enseña a dar manija a la victrola y disponer a su antojo de la cajita de púas para escuchar la apasionada voz de Richard Tauber, paradigma de un refinamiento europeo que Ben se siente obligado a inculcarle: *"Viena, Viena, ciudad de mis ensueños"*.

La tía Isabel se queda en la ciudad, ese pozo de canícula alborotado de salvajes tordos, para tomarse vacaciones del marido, según ella misma informa, para alivio de Lucy que nunca sabe bien cómo tratarla ni de qué hablarle.

—Es una inglesa tan rara, habla con un acento como si acabara de desembarcar. Yo me desvivo por darle conversación, para que Enrique después no diga que… pero esa mujer jamás elogia los ñoquis y odia el pesto, no sabe nada de costura y hace bromas fuera de lugar, y lo que más fastidio me da, se pone a secretear en inglés, y con el calor que hace no es capaz de sacarse la faja.

También observa Lucy un tanto perpleja cómo el tío Ben abre para María algunos libracos de arte y le señala largamente señoras desnudas o soldados destripados que pintó un tal Goya, imponentes cuerpos esculpidos por Miguel Ángel o una cabeza coloreada que suscita la fascinación de la familia entera y aledaños, una reina egipcia que según el tío Ben cuenta, se llama Nefertiti, y se la queda mirando amorosamente por encima de sus breves gafas.

A veces llega Atilio para aliviar un amago de tormenta con un delicado comentario, invitando a madre e hijas a emigrar de esa academia y bajar al centro, es decir, a la única calle asfaltada de Unquillo, a tomar helados en el Sierras Hotel, donde de paso dirigirá sus encendidos reojos a las frágiles y distinguidas "delicadas".

—Un verdadero caballero —dice Lucy complacida con el trato que le dispensa, con sus exquisitas muestras de admiración.

Aprecia las gentilezas de este señor un tanto antiguo pero afectuoso al itálico modo, ella que vive rodeada de hombres secos, ásperos como vikingos, capaces de martillarse un dedo sin decir ni mú, gringos duros y para colmo burlones en otra lengua.

—Pobre Atilio, se quedó solterón —cuenta a sus hijas mientras desenvainan arvejas—, él que hubiera sido un compañero ideal, tan buen muchacho, tan gente. Pero las hermanas le corrieron a todas las novias.

—¿Los hermanos siempre espantan a las novias? —pregunta María.

—A veces, hija, no siempre. Las hermanas de Atilio, para quedarse con su pensión, un terrenito en Moreno y el sucucho donde vive, pensando que se iba a morir, pero él es como algunos tuberculosos, nos tiene con el ¡ay! en la boca, parece que la menor corriente de aire se lo va a llevar, y al fin es fuerte como un roble, gracias a Dios.

—¿Y por qué no se escapó y se casó, como vos?

—No sé, la verdad es que era muy picaflor, pero cada cual tiene sus defectos.

Y se queda mirando los montes azules, *en el largo crepúsculo de las tardes serranas,* aquietadas las manos sobre el cuenco de arvejas, callando su nostalgia de galanes románticos, de hombres menos displicentes que su marido, que no ridiculicen las cremas que usa para aclararse las pecas, ese oprobio, esa obsesión perdurable como las manchas en las llaves de Barbazul.

Lucy no baila, pero atiende con arrobo al piano y al mandolín que Enrique toca casi a diario y que lo elevan muy por encima de todos sus congéneres, incluido Atilio. Sintoniza mediante una pinza envuelta en franela las radios descabezadas de la casa y aprecia los bailes del Lawn Tennis que contempla desde la plácida ribera de las damas sentadas contra la pared.

Sin duda por su reprimida afición al baile, Lucy recibe halagada a otro suspirante amigo de la familia: el profesor Gamboa, un español alto y flaco, todo gris, que alza mucho una ceja y cultiva patillas heroicas.

—Qué hombre tan simpático —dice ella—, con ese gracejo, ese movimiento, esa chispa.

—Por favor, Lucy, es más latoso que una matraca —dice Eduardo.

—A ustedes no les gusta nadie que no sea un mataperro.

Para las hijas, Gamboa tiene su encanto pintoresco pero no es Atilio, claro, sino alguien que representa una amenaza latente ante la que, en defensa mutua, se solidarizan.

El profesor y su hija Marcelina dan clases de danzas españolas. Así como han aprendido a reconocer la señal oblicua, el rumor que anuncia la proximidad del tren y se dan la mano para cruzar las vías, olfatean el peligro a pesar de que, si alguna vez pasó por la cabeza de Lucy la idea de amaestrar a sus hijas en estas artes de salón, ha desistido porque le parece improbable contaminarlas de la menor pizca de salero español u otro condimento seductor, y en eso sus hijas se parecen a las mellizas de Unía, langostas saltonas irremediables.

—Acompáñeme en este pasodoble, Misis Guol —dice el profesor, estirando hacia Lucy una mano espléndidamente gris.

—No, gracias Gamboa, no sé bailar. Mi finado padre no me dejó ir a los bailes y cuando me casé ya era tarde para aprender.

—Nunca es tarde cuando la dicha es buena, y aquí estoy yo para enseñarle, ¿no es cierto, Mister Guol? —pide permiso Gamboa a un marido que asiente apartando un poco el diario, indiferente quizás porque sus bailes preferidos han pasado de moda hace tiempo.

Por eso integró con entusiasmo el grupo de socios del club que ensayaron el "Lanceros" para una fiesta evocativa, guiados por el profesor y Marcelina. Enrique disfrutó en los ensayos mirando a las muchachas a los ojos de manera irresistible, pero Lucy no se animó, era una señora madura para arriesgar un mal paso en público.

Marcelina anima cumpleaños desplazándose por el hall con bata de cola, peinetón y castañuelas, mientras su padre la acompaña al piano, clavando el pedal a fondo, recurso acústico precursor de todas las exageradas técnicas de amplificación que el progreso nos asestaría más tarde, como otra guerra mundial.

Después declama largas historias en verso a las que María querría prestar atención porque ciertas imágenes la llenan de curiosidad:

—Era un jardín sonriente, era una tranquila fuente de cristal, era a su borde asomada una rosa inmaculada de un rosal.

Pero es imposible abstenerse de reír ante tanto amaneramiento y cursilería y aun cuando oculta su risa tras su almohadón procura no perderse una coma y, a contrapelo de la complicidad familiar, siente que un rincón del alma se le arruga de pena por la chica que se gana la vida de ese modo y porque en la historia que cuenta con tanta mueca y ademán se esconde algo fascinante y misterioso, nada menos que *una rosa asomada a una fuente de cristal.* ¿Dónde hay fuentes de cristal, quieren decirme?

—La que está en el medio de la mesa —aclararía Tony sin mayor convicción.

—¡Idiota!

Enrique también es un recitador, pero intempestivo y en la intimidad de la cocina, cuando no viene al caso, sólo por escucharse o divertir con las palabras, según su costumbre:

—Treinta años, quién diría que tuviese al ca-

bo de ellos, si no blancos mis cabellos, el alma apagada y fría...

Y troncha el cuento, para dedicarse a tender la mesa o a levantarla y armar el juego de lotería de cartones.

María toma en cuenta y quizás imita la reservada ilusión que suscitan en su madre ciertos amigos de la casa y quiere compartir alguna.

—¿Y Thorry, Juan Carlos, te gusta?

—Es muy buen mozo pero un poco amanerado.

Lucy tiene opiniones precisas sobre los hombres, y en general parece muy exigente. Sus cuñados, por ejemplo, la sacan de quicio. Atribuye sus flaquezas a sus respectivas ascendencias, todas sus hermanas se casaron con hijos de extranjeros, excepto una, ya sabemos, raptada por un puro andaluz.

Aunque Enrique es hombre de su casa, sobre todo desde que se jubiló, y jamás le hizo ascos a tareas consideradas femeninas, no es un apoltronado, lamentable categoría de varón sólo comparable al pollerudo. Su marido es un hombre de mundo, no un calientasillas, un tinterillo...

—Como ese Gastón, con sus tiquismiquis y su bigotito bataraz, después dicen que los franceses son alegres. Mi pobre hermana parece una sombra.

—¿Y el tío Dante?

—Es una buena persona, no lo voy a negar, pero...

—¿Pero qué?

—Muy bruto, hija, un hombre sin roce. Viste lo que son los viejos, unos tanos que pisan uva con las patas.

—¿Y el tío Walter?

—Ni me lo nombres. Alemán, está todo dicho. La familia como en el cuartel, marcando el paso. La pobre Ernestina, cada vez que voy a visitarla se le murió el canario o estuvo llorando porque él le hizo añicos un sombrero demasiado llamativo.

Le gusta enumerar sus modelos masculinos según las ilusiones perdidas o ganadas, quizás interrogándose sobre el destino de sus hijas, a las que procura legar la concreción de su ideal: aquel inglés de a caballo con cuya réplica llamada Enrique reanudó el amorío trunco. *Aquel novio ideal, mancebo blondo / entrevisto en la íntima persiana / que a la tarde pasó, miró muy hondo / y que no volverá a pasar mañana.*

María quiere seguir bebiendo información en este libro abierto que es su filósofa madre, pero ella cierra el libro bruscamente, calla tras un cortante:

—Vaya a jugar.

De *Novios de antaño*, Editorial Sudamericana, 1990.

Ciencias naturales

Ema Wolf

—Hay tormenta en el vinagre— cantó Alejo cuando vio entrar a la sala a su jefe, el profesor, y comprobó cuán ácida traía la careta, ya habitualmente ácida, que Dios le había puesto el día que nació.

Venía acompañado de una cacatúa de su especie, otra profesora, con la que se lamentaba por la falta de presupuesto para conservar huesos en este país; tema que le revolvía la bilis hasta el fondo, no obstante lo cual, conducía a la colega delicadamente sujeta por la bisagra del codo cuidando de no dejarse llevar por su arrebato y quebrarla.

Los dos pasaron al lado de Alejo; la cacatúa a punto de llorar por la falta de presupuesto. El prof lo agasajó con una mirada de "para cuándo el armadillo, so inútil" y consoló a su amiga.

En efecto. Cuatro meses llevaba Alejo montando la osamenta de un gliptodonte pampeano para descubrir ahora, casi en el final, que le sobraba un hueso. Jamás le diría al prof que le sobraba un hueso. Los animales prehistóricos deberían venir como los puzzles con un dibujo en la tapa para orientarse. Pero no, todos llegaban a él como retazos de chatarra fósil y ahora tontín arréglatelas para armar esto. El prof se ponía loco si faltaba una pieza, y peor si sobraba. Maldita costumbre de cavar.

Cuando los otros se esfumaron como dos nueces amargas Alejo sacó por enésima vez el hueso del bolsillo. Lo sopló. Siempre soplaba los huesos. Parecía una vértebra. ¿Sería una vértebra? Porque de la cabeza no era. Alas no tenía el animal. Las patas estaban completas. De haber sido el objeto un poco queratinoso (¡sólo un poco, Dios!) habría pasado por un hueso espontáneo y el armadillo por un ejemplar único. Pero ni él ni el armadillo tenían esa suerte. Volvió a soplar el hueso y lo guardó.

Miró el reloj. Por ese día, ya eran los cinco. Hora de irse.

Colgó el mameluco de enterrador y salió del museo por la puerta de atrás. Omitió el parque, rodeó la hilera de tipas y tomó por la avenida con rumbo noroeste.

El hueso le pesaba en el bolsillo. Mucho más la idea de que le hicieran desarmar el gliptodonte para descubrir el desperfecto.

No era la primera vez, sin embargo, que le sobraban huesos. A punto: con las piezas sobrantes estaba armando en su casa un animal bastante interesante. Anfibio, naturalmente. Se llamaba Carnoto. Un año más en ese empleo y estaría terminado. Paladeaba la idea de enterrarlo un día, desenterrarlo al mes, y armar un zurriburri en la grey de paleontólogos y que fueran a pedir explicaciones a la tumba de Ameghino.

La tarde apacible lo inspiró para agregar detalles novedosos a ese tema suyo " La venganza de Carnoto", compuesto para bateria y soplete.

Lo siguió un perro. La melodía viró hacia "También tu serás un fósil" y eso lo deprimió de muerte. A las pocas cuadras notó que él estaba siguiendo al perro. Uno de los dos movió la cola y el otro meó un árbol. La vida retornaba.

El perro giró en una esquina. Alejo, obediente.

Y hete aquí que un circo.

¡Divina bestia viva! ¡Justo lo que él necesitaba en ese momento, que alguien lo llevara al circo! Casi besa al perro.

El circo ocupaba media manzana. Alejo lo imaginó resistiendo los bombardeos de las fuerzas combinadas bajo el sitio de Sebastopol, lugar donde probablemente había contraído tanto agujero en la lona, peladura y sarna. Se mantenía en pie gracias a un decoroso, envolvente olor a jaula.

El perro se despidió en la puerta misma, junto al cartel que anunciaba el gran número de Mimí la Elástica.

Alejo compró maníes. Su turno de entrar.

Se sentó en la primera fila con una agradable sensación de peligro: moriría sobre el aserrín si lo hacían entrar a la pista como voluntario.

La función empezó.

Un tipo con un diente de oro dio la bienvenida al respetable público y prometió números excepcionales. Lo escoltaban un pelirrojo y dos secuaces que hicieron juegos malabares, bizcos de tanto entrenamiento. Aparentemente los juegos consistían en tirar palos de bowling al aire con el propósito de recogerlos y volver a tirarlos. Perfecto. Se fueron corridos por los aplausos para dejar paso a los conejos aritméticos que resolvieron cálculos complicados. Asquerosos los maníes.

El gran Merlino sacó varias gallinas blancas de una sopera. Fue desalojado por dos focas que aplaudían algo.

Trepó una gorda a un cable y caminó hacia adelante y hacia atrás. Alejo temió por el cable.

Cuando la gorda se fue, instalaron una jaula presumiblemente para encerrarla por si volvía a perjudicar el cable. Nada de eso; era el momento del león. Alejo no recordaba que faltara de la sala africana, pero allí estaba, sólo que más quieto y sin un ojo de vidrio.

Seguramente el guardián lo alquilaba fuera del horario de visitas. Estuvo a punto de gritar que tuvieran cuidado con el relleno de estopa pero ya se lo llevaban los camilleros.

Un bandolero trató en vano de acuchillar a su mujer, que giraba atada a una rueda.

Tres payasos se pegaban con guantes de hule cuando apareció un oso grizzly que rodeó la pista caminando con las manos. Por la sorpresa de los payasos, no debía tener nada que ver con el circo.

El tipo del diente de oro reapareció para anunciar, ahora sí, la esperada actuación de Mimí la Elástica, figura internacional (como el león africano, pensó Alejo) que llegaba de tierras remotas para deleitar al exigente público argentino. Trompetas. Ella.

Alejo sintió que sus maxilares, acomodados hasta ese momento para la misión de triturar maníes, se separaban para siempre obligándolo a mantener la boca abierta; de ahí que, cuando Mimí se presentó con tres vueltas en el aire, temió comérsela. Las trompetas —comprendía— estaban sonando para anunciar su apocalipsis personal, su fin del mundo envuelto en lentejuelas. Los maníes rodaron bajo la butaca. Alejo se preparó para que lo regaran los angelitos. Entonces ella exhibió sus artes. Contorsionó el cuerpo hasta transformarlo en una flor del campo y acto seguido en una araña celeste. Se hizo círculos y triángulos isósceles. Escondió el mentón entre la suela de los escarpines. Reposó la nuca en los tobillos. Arrojó besos desde la espalda. Se plegó en dos, en tres, en cuatro, en siete (nada hay que se pliegue en ocho) para volver luego a su estado natural, perfecto. Adoptó la forma de los animalitos del bosque. Compuso letras intensamente cursivas hasta completar el alfabeto. Cuando se hizo cochecito de bebé a fin de pasearse sola por la pista, Alejo se tapó la boca con las rodillas para sofrenar el grito de la especie.

Entró un payaso con un maletín de mano. Mimí saltó dentro graciosamente y el payaso se la llevó.

Alejo se quedó hasta el final de la función, pero con los ojos cerrados.

Cuando salió a la vereda, oscurecía.

Rodeó la carpa y se metió en los intestinos del circo. No lo sorprendió que nadie lo interceptara porque estaban todos muy atareados desmontando el espectáculo, y además se había vuelto invisible.

Pasó frente a las jaulas de los conejos aritméticos y las focas festivas. ¡Cuánto animal moderno y cerebrado, no como los que él frecuentaba! El oso grizzly lo siguió cabeza abajo apoyando las manos en el exacto lugar donde él apoyaba los pies. Se dio vuelta para encararlo y de pronto se encontró siguiendo al oso, que lo condujo entre los carromatos y desapareció frente a uno pintado de celeste. ¡Oso bendito!

Alejo golpeó la puerta.

Le hablaría a Mimí de vértebras. Considerando el oficio de uno y otra era un buen tema para articular una conversación, tan bueno como cualquiera; al menos, claro, que ella no estuviera, en cuyo caso el encuentro lamentablemente tendría que postergarse para otra ocasión o para nunca dado que los circos hoy están y mañana no. Se acordó de su última visita al dentista.

—Adelante —dijo una voz dulce, sin embargo.

Entró. Transpiraba por la lengua como los cánidos.

Sobre una mesa estaba el maletín cerrado.

—Me peino y salgo —dijo la voz guardada dentro.

Pasó un siglo y medio.

El maletín sobre la mesa se abrió. Emergieron el flequillo, las pulseras, la remerita rayada, los pantaloncitos apretados, las zapatillas, y todo el conjunto por fin saltó fuera.

Con increíble garbo brotaron de la boca de Alejo todas las lecciones aprendidas sobre el sistema osteoartromuscular de los mamíferos. Deliberadamente se demoró en la consideración de los bípedos humanos y en particular del tronco por ser éste el portador de la columna vertebral —¿33 o 34 huesos?— que Mimí arqueaba con tanta desenvoltura. ¿Dónde apoyaba ella el secreto de la torsión? ¿En las vértebras cervicales? ¿Las dorsales? ¿Las sacras —se arrodilló— tal vez? ¿O en todas juntas a un tiempo? Maravillosa ocupación la suya. La de él, en cambio, estaba condenada a todas las rigideces. No sabía ella lo que significaba montar el espinazo completo de un megaterio sin disfrutar jamás de la satisfacción de verlo andar, triscar por los pastos y dar vueltas de carnero.

Mimí lo comprendía. Era su caso el de una niñita que durmió en la cuna hasta los catorce años y pasó muchas horas escondida en el costurero de su abuela para evadir la escuela. Si a eso se suma el hábito de dibujarse paisajes complicados en la planta de los pies, todo ello forjó una habilidad para el plegamiento que, como se ve, no fue innata sino adquirida.

Alejo la escuchó embelesado. Seguramente, además, ella tenía el esternón de seda.

Siguieron hablando de plegamientos. Más tarde la conversación descendió hacia las articulaciones de los miembros inferiores, que tan poco dispuestas a la torsión se muestran a veces. Alejo le contó el problema de su vértebra; suya no, en realidad, sino del gliptodonte pampeano. Tal vez ella pudiera ayudarlo.

—¿Querés venir al museo?

—Voy.

Tiro de Dios al arco.

El único obstáculo era el guardián nocturno. Al no ser empleada, ni fósil, ni embalsamada reciente, no la dejaría entrar a deshoras.

Entonces ella saltó dentro del maletín.

Alejo discurrió por las veredas oscuras en estado de fina levedad. Le acariciaban la frente las ramas de los árboles y notó que se desplazaba a cincuenta centímetros de las baldosas; tan liviana, manuable, sencilla de transportar era Mimí. Se acordó de cuando mudaron al dino de sala. ¿Cómo era posible que en el mismo universo hubiera mastodontes y Mimí, seres de caño como el prof y juncos delicados? Toda una espantosa confusión; y él en el medio. Una pareja hizo un alto tras el tronco camuflado de un plátano. Alejo acarició el maletín.

Ya junto a la reja del museo le chistaron desde el frontispicio dos lechuzas de piedra. Ojo, Alejo.

El guardián abrió la puerta. Venía del milenio anterior.

—Don Herrera, tengo que terminar el armadillo para el Día del animal.

El otro lo acompañó al rincón de la sala baja donde reposaba el fósil en tinieblas. Encendió una lamparita pelada. Cuando Alejo estaba a punto de recriminarlo por el alquiler del león, ya se había ido.

Abrió la valija y salió Mimí. Gloriosa, con la ropita arrugada, hizo un par de flexiones de estiramiento apoyando las orejas en las rodillas como quien escucha la música de sus rótulas.

Alejo le mostró el armadillo con orgullo de fabricante. Sacó el hueso del bolsillo. Se lo dio.

Mimí sopló el hueso. Primero se deslizó entre la osamenta doblándose y desdoblándose en tareas de reconocimiento. Hasta imitó los posibles movimientos del animal, bastante sinuosos según su imaginación. Enseguida emprendió un trabajo de mecánica ligera tratando de encajar la pieza. Se escurrió por los costados y por abajo del armadillo. Cuando Alejo la vio asomar las patitas debajo del chasis, sintió que capitulaba.

Nada. Eso no iba a ningún sitio. Tampoco era repuesto o accesorio.

Mimí lamentó tanto no poder ayudarlo que él se vio en la obligación de consolarla. La tomó suavemente por el codo. ¿Qué tal si visitaban los vertebrados autóctonos del primer piso?

Treparon la escalera gateando, en perfecta oscuridad.

Arriba se ocultaban seis salas —sin contar el cuarto de las escobas— a razón de cuarenta y dos vitrinas cada una —incluyendo las del laboratorio de calcos.

Frente a cada vitrina Alejo encendió un fósforo. Mimí escuchaba explicaciones hasta que él se quemaba los dedos. Bien. Pasemos a la vitrina siguiente.

El recorrido acabó con deliberación junto a una pieza fuerte. Delante del esqueleto de Margarita, la elefanta marina muerta de amor en el zoológico municipal cuando promediaba la primavera del año '35, Mimí lloró.

Apoyó la cabeza en el pecho de él.

Ese misterio.

Alejo le acarició los parietales bajo el pelo lacio. Acto seguido recorrió el occipital descendiendo hacia los omóplatos suavecitos. Después la abrazó completa y tuvo ocasión de verificar el alineamiento perfecto de las costillas. Así se estuvo hasta que sintió claramente que empezaba a morir.

Y mientras él moría —lo que son las cosas— la elefanta resucitaba. Y con ella las aves polvorientas, los ocelotes de cuero apolillado, los escarabajos fosforescentes, los roedores y los monos pelones, los sapos escabechados, las víboras puestas en frascos como pickles. Y toda la fauna nativa desde el bosque chaqueño hasta las estribaciones patagónicas parecía dispuesta a salirse de las vitrinas, cada especie vociferando sus derechos en su idioma.

Todos renacían pero él moría, torpe como un elefante, y Mimí con él.

Una hora más tarde resbalaron por el pasamanos de la escalera perfectamente vivos. Atrás quedaba un tendal de animales sin futuro.

El gliptodonte del piso bajo estaba de nuevo a oscuras, pero en el fondo de un pasillo lateral asomaba la luz de la cocina. Caminaron felices hacia allá.

En ese momento el guardián retiraba la olla del fuego. La puso en el centro de la mesa, tendida para tres.

Se sentaron a comer guiso de rabo.

Alejo chupó un hueso y descubrió que era igual al que llevaba en el bolsillo. Miró al guardián con el alma sublevada. Estaba a punto de decirle que debía ser más cuidadoso con los restos de comida, pero el otro lo interceptó con una mirada nacida en el fondo de la sabiduría terciaria y Alejo optó por permanecer mudo. No pudo evitar un escalofrío. Calculó cuántos sobrantes de aves y ganadería habrían ido a completar los esqueletos de los dignos saurios a lo largo de treinta y cinco años de servicio.

Charlaron de muy diversas cosas. El guardián contó una historia que empezaba: "En la guerra de Crimena un soldado turco...".

Cuando la luz del amanecer atravesó la claraboya Alejo se puso de pie.

—¿Quieren conocer a Carnoto?

Salieron los tres por la puerta principal.

Marcharon a la par aspirando el perfume de las tipas que bordeaban la reja. Alejo y Mimí abrazados, el guardián con el maletín. Encararon el parque en dirección al lago por el puro gusto de despertar a los patos.

Soplaban brisas de buenos pronósticos. Bajo la luz cada vez más decidida las cosas de este mundo iban tomando formas nítidas para Alejo. Los ingredientes desparramados encontraban su lugar. Algunos enigmas del arcano, pobre, estarían a punto de resolverse. El universo dejaba de ser una morcilla vasca.

Los patos de la orilla, arrancados del sueño, iniciaron el despulgue matinal.

—Eres inocente cuando deliras —cantó Alejo, último tema, y besó a Mimí.

Noticia sobre autoras y autores

JORGE ACCAME

Nació en Buenos Aires en 1956. Es profesor de Letras.

Desde 1982 vive en Jujuy. Es autor de obras de teatro, que han sido estrenadas por el Grupo Jujeño de Teatro. Entre ellas, se pueden mencionar *Pajaritos en la calle, Casa de piedra* y *Chingoil Company.*

Tiene un libro de poemas, *Punk y circo*, y los libros de cuentos *Día de pesca, Quién pidió un vaso de agua, Cuarteto en el monte* y *El jaguar*.

ADELA BASCH

Nació en Buenos Aires en1946. Es profesora de Letras, egresada de la Universidad de Buenos Aires.

Ha desarrollado una amplia tarea como promotora de la lectura infantil, a través de conferencias, seminarios y talleres en la Capital y en el interior del país.

Ha escrito obras teatrales entre las que se encuentran *Abran cancha que aquí viene Don Quijote de la Mancha, Oiga, chamigo Aguará* y *Colón agarra viaje a toda costa.*

Su obra narrativa incluye los libros de cuentos *El planeta de los aljenfios* y *El extraño caso del amigo invisible.*

ELSA BORNEMANN

Nació en Buenos Aires en 1952. Es profesora de Letras, egresada de la Universidad de Buenos Aires.

Su vasta trayectoria en el campo de la literatura infantil y juvenil abarca, además de su obra poética y narrativa, ensayos, conferencias, antologías y traducciones.

Su literatura recorre el cuento, la poesía y la novela, tocando temáticas como el humor, el terror y el amor.

Entre sus títulos más conocidos se encuentran *Un elefante ocupa mucho espacio, El libro de los chicos enamorados, Socorro, La edad del pavo, No hagan olas* y *Los desmaravilladores.*

OCHE CALIFA

Nació en Chivilcoy, provincia de Buenos Aires en1955.

Radicado en Buenos Aires se especializó en periodismo infantil, colaborando en las revistas más significativas de ese campo y dirigiendo suplementos infantiles en periódicos de gran circulación. También realizó tareas de taller literario y periodístico.

Entre sus libros más difundidos se pueden mencionar *La vuelta de Mongorito Flores, Tuti-Fruti* y *Valseado del piojo enamorado.*

PABLO DE SANTIS

Nació en Buenos Aires en 1963.

Es periodista, autor de guiones para historietas y director de colecciones de literatura juvenil.

Sus relatos se centran en la aventura y el misterio de ribetes detectivescos, con un gran dinamismo en las acciones.

Ha publicado *El palacio de la noche, Desde el ojo del pez, La sombra del dinosaurio, Pesadilla para hackers* y *Lucas Lenz y el Museo del Universo.*

LAURA DEVETACH

Nació en Reconquista, provincia de Santa Fe en 1936. Es licenciada en Letras Modernas, egresada de la Universidad de Córdoba.

Su amplia labor dentro de la literatura infantil abarca no sólo la escritura sino también la dirección de colecciones, la participación como jurado en concursos nacionales e internacionales, la coordinación de talleres y la elaboración de ensayos sobre el tema. Ha recibido numerosas distinciones por sus actividades.

Entre sus obras se pueden mencionar *La torre de cubos, Monigote en la arena, El hombrecito verde y su pájaro, Cuentos que no son cuentos, Coplas de la humedad* y *El pez dorado.*

GRISELDA GAMBARO

Nació en Buenos Aires en 1928.

Es una destacada novelista, cuentista y dramaturga, que ha recibido varias distinciones por su trayectoria literaria.

Su original obra dramática incluye títulos como *Los siameses, El campo, Nada que ver, Sucede lo que pasa* y *La malasangre*.

En literatura infantil, ha publicado el libro *La cola mágica*.

ANGÉLICA GORODISCHER

Nació en Buenos Aires en 1929. Reside en Rosario desde hace muchos años.

Desde su primer libro, publicado en 1965, ha desarrollado su obra en la línea de lo fantástico. Es una de las pocas narradoras argentinas que trabaja la temática de la ciencia-ficción.

Entre sus obras se pueden mencionar *Cuentos con soldados, Opus dos, Las pelucas, Mala noche y parir hembra, Jugo de mango, Alfombras de Bokara, Jarrones de alabastro, Fábula de la virgen y El bombero.*

RICARDO MARIÑO

Nació en Chivilcoy, provincia de Buenos Aires en 1954.

Su labor en la literatura infantil y juvenil abarca libros de cuentos y novelas breves, donde frecuenta el humor, la parodia del terror y la verosimilitud de lo delirante. También ha desarrollado una interesante tarea como periodista en revistas y suplementos para chicos.

Entre sus títulos más destacados se encuentran *El mar preferido de los piratas, Recuerdos de Locosmos, Cinthia Scoch y la guerra al malón* y *La casa maldita*. Ha publicado también un libro de cuentos para adultos, *Silbidos en el cielo*.

GRACIELA MONTES

Nació en Florida, provincia de Buenos Aires. Es profesora de Letras, egresada de la Universidad de Buenos Aires.

Además de su obra literaria para niños y adolescentes, ha publicado numerosos ensayos y ha participado en encuentros nacionales e internacionales sobre el tema. Su trayectoria incluye también la dirección editorial y la integración de jurados. Ha recibido diversos premios y distinciones.

Entre sus obras de ficción se destacan *La familia Delasoga, Tengo un monstruo en el bolsillo, Historia de un amor exagerado, Otroso, Uña de dragón* e *Irulana y el ogronte.*

GUSTAVO ROLDÁN

Nació en la provincia del Chaco en 1935. Es licenciado en Letras Modernas, egresado de la Universidad de Córdoba.

Desarrolló tareas docentes en el campo de la literatura argentina e hispanoamericana y luego centró su actividad en la escritura de cuentos para niños, que rescatan las narrativas tradicionales y el vínculo con la naturaleza. También trabaja en la dirección editorial y ha realizado cursos, talleres y conferencias para chicos y maestros de la Capital y del interior del país.

Entre sus libros se pueden mencionar *Historia del pajarito remendado, El monte era una fiesta, Cuentos de Pedro Urdemales, Prohibido el elefante, El hombre que pisó su sombra* y *Un largo roce de alas.*

SILVIA SCHUJER

Nació en Buenos Aires en 1956.

Simultáneamente con su tarea como periodista y escritora, ha desarrollado talleres y actividades lúdicas con la palabra, tanto en la Capital como en el interior del país. Su obra abarca cuentos, novelas, libros de juegos verbales y de lectura. Actualmente coordina acciones editoriales de promoción de la lectura. Ha recibido importantes premios nacionales e internacionales.

Entre sus libros para chicos y adolescentes, se encuentran *Historia de un primer fin de semana, Oliverio junta preguntas, Lucas duerme en el jardín* y *Las visitas.*

ANA MARÍA SHUA

Nació en Buenos Aires en 1951. Es profesora de Letras, egresada de la Universidad de Buenos Aires.

Además de su trabajo como periodista y redactora publicitaria, ha publicado poemas, cuentos y novelas. Sus relatos han sido incluidos en diferentes antologías argentinas y extranjeras. Sus dos novelas tuvieron sendas versiones cinematográficas. También ha recibido diversos premios y distinciones.

Entre sus títulos se pueden mencionar *Soy paciente* y *La sueñera.*

En literatura infantil, ha publicado *La batalla entre los elefantes y los cocodrilos, Expedición al Amazonas, La fábrica del terror* y *La puerta para salir del mundo.*

MARÍA ELENA WALSH

Nació en Ramos Mejía, provincia de Buenos Aires en 1930.

Es una figura destacada de la cultura argentina, no sólo por su obra literaria sino por la agudeza con que ha criticado, en diversas publicaciones, a los sistemas autoritarios.

Sus primeros poemas, que datan de 1945, fueron seguidos por libros de cuentos, obras de teatro infantil, guiones cinematográficos y televisivos, canciones, recopilaciones de poesías tradicionales, traducciones y artículos periodísticos.

Ha recibido importantes premios nacionales e internacionales.

Entre sus obras se pueden mencionar *El reino del revés, Dailan Kifki, Versos para cebollitas, Chaucha y palito, Novios de antaño* y *El diablo inglés y otros cuentos.*

EMA WOLF

Nació en Carapachay, provincia de Buenos Aires en 1948. Es licenciada en Letras, egresada de la Universidad de Buenos Aires.

Realizó trabajos de investigación literaria y se ha desempeñado en distintos medios periodísticos, gráficos y televisivos, dirigidos a niños y adultos.

Simultáneamente, ha publicado cuentos y novelas para chicos, donde se destaca la parodia humorística de otros géneros como el policial, el terror o las crónicas de viajes. Por esta labor recibió varias distinciones y premios.

Entre sus libros se pueden mencionar *Cuento chino y otros cuentos no tan chinos, El náufrago de Coco Hueco, Maruja, La aldovranda en el mercado* y *Perafán de Palos.*

Índice

Esta sexta reimpresión de 5.000 ejemplares se terminó de imprimir en el mes de setiembre de 1998 en Color Efe, Paso 192, Avellaneda, Provincia de Buenos Aires, República Argentina.